# 虚魚

そらざかな

新名智

王華懋 譯

# 目錄

## 【空魚·虛魚】（名詞）

①釣客爲了炫耀，把釣到的魚的數量或大小灌水的行爲。或指被釣客如此吹噓的魚。

②（主要是釣客之間）聊天時提到，但並非眞實存在的魚。

# 一、釣到就會害人死掉的魚

小金說，好像有一種魚，釣到的人就會死掉。

「那是什麼？」

起初我並不當一回事。比起那種魚，拂過面頰的樹枝和雜草更惹人心煩。預先噴上的除蟲液最好管用，我暗暗想著。

「在阿佐谷的釣魚場釣金魚的大叔跟我說的。他說有這種魚。」

「在金魚的釣魚場嗎？」

「不是，是海裡。」

離開道路後，走了很久。襯衫吸飽了汗，整個貼在皮膚上。我沒想到居然會走進這樣的深山裡。看看手表，快四點了。希望能在天黑前回家。

後方的小金還好嗎？回頭一看，她毫無疲態，不曉得什麼時候撿了根粗樹枝，拿來當拐杖撥開雜草叢。她成天穿在身上的那件髒兮兮的卡其色夾克，沾滿了鬼針草之類的種子，但本人似乎不以爲意。

「是那種情況吧？」我喘過一口氣說：「開心到暴斃吧？」

「什麼意思？」

「不是說打高爾夫球一桿進洞，還是打麻將胡到『九蓮寶燈』，就會爽死嗎？」

「我不懂。」

明明會去釣金魚，小金對高爾夫球和麻將卻似乎一竅不通。我們在一起超過一年了，但我去工作時小金到底都在做些什麼，到現在仍然充滿謎團。總之可以確定的是，她閒到不行。

「我是說，因爲釣到稀奇的魚，開心到暴斃。」

「聽起來不像是那樣耶。」

雜木林逐漸變得稀疏開闊，看來目的地近了。這麼一想，再看看地面，四處掉落著寶特瓶之類的垃圾。應該是來探祕的人留下的垃圾，眞沒公德心。不過，我們也半斤八兩就是了。

「那個大叔說是從來沒看過的魚。他說那種魚全身滑溜溜的，不然就是全身布滿尖刺。」

「一定是深海魚。」

「或許吧。然後，那個大叔的朋友眞的釣到了。那朋友當時只覺得這魚好恐怖，連忙放了回去。」

「那人死掉嘍？」

「對。」

又前進了一段距離，陽光消失了。是進入山背處了吧。陰暗的暮色陡地籠罩上來，樹木失去了色彩。我停止跟小金閒聊。陌生的鳥啼聲在某處作響。

「死因是什麼？」

我問。這是最重要的一點。

「大叔好像不知道，但他說是突然死掉，是不是生病啊？」

「如果是什麼特殊的死法，應該會特別提出來，像是自殺那一類。」

小金瞄了我一眼，又拿樹枝戳草叢：

「妳不信是吧？」

「不太信。」

就算是眞的，感覺也派不上用場。要是有辦法百分之百釣到那種魚也就罷了，既然只能交給運氣，便跟期待殞石掉下來砸死人沒有兩樣。我沒辦法好整以暇地等到那時候。

「可是，」我接著說：「如果死因不是釣到魚的行爲，而是魚本身的話……」

「妳是說，那是看到就會死掉的魚？」

「或許喔。」前提是那位大叔說的是眞的。「又或者單純是有毒的魚。」

我停下腳步。前方幾步的地方，地面突然下陷。我抓住旁邊的樹枝支撐，小心翼翼地探出身體查看。前方地面下陷約兩公尺，就像一座小斷崖，樹林中只有那一帶呈缽狀凹陷。

沿著相當於缽緣的部分走去，斷崖有一部分崩坍，形成可供人上下的緩坡。似乎是來到這裡的人都走一樣的路線下去，才把那塊地方踩成了緩坡，整體被腳印踩得相當紮實。

「在這下面？」

小金問，我點點頭。

「當心腳步。」

我接過小金拿來當拐杖的樹枝，插在斜坡上，小心翼翼地走下去。

聽說只要靠近這塊窪地，周圍就會突然陷入黑暗，或樹林裡有奇妙的人影忽隱忽現。不過來到這裡的路上，並沒有發生任何奇異的現象。

突然變暗，是因爲這裡相對於山坡，呈現コ字形凹陷，陽光被遮蔽的關係吧。至於人影，我認爲只是剛好跟來這裡探險的人碰上而已。如果誤以爲彼此是鬼怪，就會趕快先躲起來再說吧。

我如此分析著，來到窪地中央，立刻就看到那些東西了。

「噢，眞的有耶。」

小金開心地說。確實，這幕景象相當壯觀。我伸展著痠痛的腰腿，看著這一幕。

眼前是一大片插在地面上的人偶，數量約有幾十個。

其中有布偶，也有市松人偶之類的傳統人偶。有些人偶在日曬雨淋下已腐朽，有些看起來很新，就像才剛插上去一樣。每一個人偶的身體都以棒狀物穿過，插在地面。棒子的材料似乎沒有指定，多半是木棒，也有用塑膠管或烤肉串叉穿過的。

小金背著手，一邊走一邊觀察並排的人偶們，興致盎然。

「這是什麼咒法？」

「有各種說法，像是這一帶的民間信仰，或原本是一種供養，或邪教儀式的遺跡，也有人說是住在附近的奇怪歐巴桑三更半夜跑來弄的。」

就我調查到的範圍內，比方二〇〇〇年左右，某個網路論壇上的貼文是這麼說的：

首先，找出一個想要從自己身上去除的東西，像是缺點、討厭的回憶等等。接著準備一個人偶或布娃娃。只要有頭和四肢，夠牢固，什麼樣的人偶都可以。

用自己的名字為人偶命名，每天跟它說話。說話時，要提到想去除的東西，並咒罵人偶。譬如，假設我對外貌感到自卑，就把人偶取名為「三咲」，每天對人偶說「三咲，妳眞是有夠醜的。喂！三咲，妳這個醜八怪」。

感覺光是這樣做，就會把精神搞出病來。

最後把那個人偶帶來這裡，用棒子穿過去插在地上。這時要說「三咲死了」。如此一來，人偶就會帶走自己的煩惱和缺點，只留下蛻變重生後的自己——似乎是這樣。

插在這片土地上的人偶們，應該是源於這類傳說，只是版本稍有不同吧。跟我看到的內容相似的說法，或截然不同的說法到處流傳，深信不疑的人會帶著人偶來到這裡，把它們插在地上，所以才會有這麼多人偶。如果全是一個人一時興起搞出來的，應該很快就會風化、遭到遺忘了。

大致看完後，小金笑著轉過來說：

「那麼，如果對這些人偶作怪，我會死掉嗎？」

我也露出微笑，回答：

「嗯，好像會。」

這個地點，被一部分的人稱爲「穿刺人偶森林」。帶著煩惱，前來把人偶插在這裡的人似乎不少，但更多的是純粹來看這些玩意的人。宣稱自己遇到怪事的人，也多半是後者。譬如，有人遇到這樣的事：

一群年輕人跑來試膽，發現地上插著大量的人偶。年輕人不曉得是故意的還是不小心，弄壞了插在地上的人偶，結果人偶們同時轉頭看向他們——這是其中一種發展。那群年輕人嚇到了，但沒有遇到更多可怕的事，各自返家。然而入夜以後，年輕人遇到鬼壓床，驚醒的時候，發現好幾個人偶手持棒子，爬到動彈不得的自己身上。

人偶們用帶來的棒子，依序穿過年輕人的手腳。每一次穿刺，都讓人經歷到火燒火燎般的劇痛。最後，終於輪到臉要被刺了。這時年輕人實在太害怕了，忍不住閉上眼睛。然而，什麼事都沒有發生。過了一會，鬼壓床解除，年輕人提心吊膽地睜眼一看，人偶們已消失不見。

隔天早上，年輕人聯絡一起去森林的朋友們，得知每個人都遇到一樣的事。可是，只有一個人聯絡不上。那個人就是當時弄壞人偶的罪魁禍首。沒多久，那名朋友被發現成了一具屍體。他的臉上插著一根巨大的棒子……

「所謂的鬼壓床，簡而言之就是做惡夢吧？」

「是啊。合理地解釋，就是夢見白天看到、嚇到自己的人偶罷了。」

「那臉上插著串叉呢？」

「我請松浦先生查過，有沒有早上被人發現的，臉上插著串叉死掉的詭異屍體，可是好像沒有。」

「那就是騙人的嘛。」

被這麼否定，我無從反駁。確實，如果有人死法如此離奇，一定會引發熱議。

「可是，或許是真的死掉了，只是死法被過度渲染啊。」

「會嗎……？」

「總之試試看嘛。好不容易來到這裡了。」

雖然嘴上埋怨著，但小金似乎躍躍欲試。她愉悅地開始挑選人偶。我掏出手機，對著四周拍照。基於工作需求，這種東西一定要拍下來。要是能拍到天竿魚（註），那就賺到了。

「這個好了。」

小金指著一個皮膚色的塑膠人偶。人偶原本應該穿著衣服，但現在變成了全裸。栗色髮絲被剪得亂七八糟，由此推測，衣服或許是故意扒光的。胸口用工具挖了個洞，一根樹枝穿過那裡，插在地面。看不出可愛的原貌，只剩塗料剝落的眼睛空洞地注視著天空。

小金在那個人偶前面駐足片刻。我把她的側臉也拍下來。

「拍我幹麼？」

「得確實記錄下來才行。」

註：天竿魚（Sky Fish），也稱爲飛棍（Flying Rods），是一種傳說中的神祕未知生物（UMA，Unidentified Mysterious Animal）。

以前在炭坑工作的人，都會帶著金絲雀進入坑道。如果金絲雀死了，表示坑道裡的有毒氣體過高。雖然有人認爲這只是傳說，但我如此爲她命名：金絲雀小金。因爲我想要利用她來確認一件事。

那就是，怪談眞的能害死人嗎？

「好，上吧！」

我把代替拐杖的樹枝遞給小金。她雙手握住樹枝，兩腳稍微打開，在人偶前面站定。姿勢意外地相當有模有樣。

「妳打過棒球？」

小金那頭深褐色長髮輕飄飄地揚起。

「沒、有！」

隨著這聲吆喝，她俐落揮棒，擊碎了塑膠人偶的頭。

☘

後來過了一星期以上，小金都活得好好的，於是我們著手試驗下一個怪談。

「之前妳不是提過嗎？那種釣到就會害人死掉的魚。」

「嗯，對啊。」

小金應著，把早餐的手撕麵包送進口裡。那種手撕麵包我每次看到都覺得很像嬰兒的手臂，十分驚悚。我絕對不吃那種麵包。

「後來怎麼了？」我在普通的吐司上抹了一層厚厚的奶油。「妳後來還有再遇到那個大叔嗎？」

小金說那個大叔已屆齡退休，因爲討厭人多，都在星期一享受釣魚的樂趣。小金默默地嚼了麵包一會，低聲道：

「死掉了。」

「咦？」

小金用冰紅茶把塞了滿嘴的麵包沖進肚裡：

「那個大叔死掉了。」

小金說，這星期一她去釣魚場，發現那個大叔難得沒有來。一直等到傍晚依然沒有現身，她覺得奇怪，向經常和那個大叔聊天的一對年輕父子攀談，打聽大叔的近況。

「他怎麼會死了？」

「不曉得。他們說是在報紙的訃聞欄上看到消息而已，不清楚細節。」

想想那個大叔的年紀，就算是病死也很自然，不過這樣的發展未免太湊巧了。怪談和恐怖電影，往往就是去深入挖掘這類事件，結果愈挖愈恐怖。或許這是個好機會。

「我來調查一下。妳知道那個大叔的聯絡方式嗎？」

「不知道，我沒問過。」

幹麼不問一下啦——我很想抱怨，又按捺下來。期待她做這些事是不對的。小金是金絲雀，挖礦是我的工作。再說，要是那個大叔會跟二十來歲的女生交換聯絡方式，也滿噁心的。

小金依稀記得大叔的名字，只要逐一調查訃聞，一定可以找到吧。我知道一個最適合這類工作的人。

吃完早餐，洗完碗盤後，我打電話給那個人。

「喂？」

「早安，昇，我是三咲啦。」

「啊，丹野小姐。一大早打電話來，怎麼了嗎？」

自從兩人的關係改變之後，他便頑固地改口叫我「丹野小姐」。

「穿刺人偶怎麼樣了？」他關心地詢問之前捎來的怪談後續。「有人偶去拜訪妳們家嗎？」

「要是有的話，我還能聯絡你嗎？」

「好壞。」他笑道。

我剛認識西賀昇的時候，他是個怪談阿宅大學生。後來他成爲我的男友，再變回怪談阿宅大學生，現在則是怪談阿宅研究生。他念的是拓撲學什麼的，總之是我沾不上邊的東西。

「對了，你最近有空嗎？」

「有什麼事嗎？」

「有個怪談想請你幫忙調查一下。是一種釣到就會害人死掉的魚。」

「第一次聽說耶。妳從哪裡聽來的？」

「阿佐谷的一個熱愛釣魚的大叔。不過他好像死了。」

昇沉默了一下，問：

「……他釣到那種魚？」

「或許吧。」

「好厲害……」話筒彼端傳來他的低喃。「這要是恐怖電影，深入挖掘那個大叔的死亡眞相，就會陷入萬劫不復的深淵吧？」

他說出的內容完全就是我腦袋裡想的。昇的思考回路跟我一模一樣，所以我才會跟他交往，結果卻也因此分手。同類相斥啊。

「我想請你查一下那個大叔的背景。」我說出從小金那裡得知的名字。「要是打聽到那個怪談的事，也順便告訴我。」

「好，交給我。今天妳會去辦公室吧？」

「嗯，我打算去一下。」

「那麼，八點在老地方見吧。」

說定之後，我們掛了電話。依昇的個性，應該兩、三天就能查到怪談的源頭。他的人生幾乎都耗費在蒐集怪談上。然而，究竟是什麼讓他如此癡狂，我就不清楚了。

更衣化妝，做好出門的準備後，我來到小金的房門前。

「我出門了。」

「嗯。」

門內只傳來一聲回應。家裡有個繭居族女兒的母親，就是這種感受嗎？

「零用錢不夠的話，我放在桌上。」

「不用了，錢還有。」

小金沒有工作，所以她的生活費是我供應的。如果說她算是我的助手，確實如此，但客觀來看，就是被我包養。除了去附近商家買吃的和更換的衣物，還有偶爾去釣魚場或將棋俱樂部從事很老人家的消遣之外，小金幾乎不花錢。作爲包養的對象，屬於很省的那種類型。

「好。要是有事就打我的手機或辦公室電話。」

「嗯。」

懶洋洋的回應我也習慣了。這樣的態度，相處起來彼此都比較輕鬆。

說起來，我們之間的關係無從對外人解釋。去年夏天，在回家路上撿到這個女生，決定一起生活的時候，我只當成一個有點搞怪的玩笑。但一般來說，搞怪的玩笑不可能撐得了一年。

我們是利害一致的關係。換句話說，我在尋找眞的能害死人的怪談，而小金希望死於詛咒或作祟。

當初相遇的時候，小金的身分不明，是個想要尋死的女生。小金藉酒灌了一堆精神病藥物到胃裡，昏倒在自動販賣機、電線桿和垃圾桶形成的三角空間裡。直到我和同業聚餐結束，在回家途中發現她。我瞥了她一眼，打算當沒看見直接經過，她卻爬起來抓住了我的腳踝——宛如活屍電影的情節。

這下糟了，要報警嗎？還是叫救護車比較妥當？我這麼想著，掏出手機，居然沒電了。無可奈何，我只好把她帶回家。老實說，那時候我也醉得神智不太清楚了。

我把小金安置在客廳沙發上後，在酒意的助長下，說出了許多事，包括我的職業、我的生活、很久以前跟小男友分手，以及我有個目的，爲了這個目的，正在尋找眞的能害死人的怪談。小金喝著溫茶聽我傾訴，聽到最後，她可能逐漸恢復了意識，問我：

「妳眞的相信，人會因詛咒、作祟之類的死掉？」

所以我給了個肯定的答覆。小金並沒有立刻相信，她接連提問，問完之後，就只是嚴肅地注視著我。不過，我也是到了最近，才知道那是她嚴肅時的眼神。

「那麼，妳用我做實驗吧。」

最後，小金這麼說。這就是我們認識的過程。人生眞的是一連串的不可思議。我回想著這些往事，在地下鐵車廂裡搖晃著，抵達了位於飯田橋的辦公室。

說是辦公室，其實只是我一個人使用的狹小空間。當初租下這裡，是爲了方便洽談工作，但後來我把家裡塞不下的登台服裝和小道具等等搬過來，現在完全成了個倉庫。今天的工作首先是整理和打掃，接著檢查電子信箱收到的怪談相關資訊，下午則是洽談下次活動的內容。

在這之前，先收取郵箱裡出版社贈送的雜誌。我最近曾爲雜誌的短篇專欄供稿。拿出雜誌，從封底開始翻，在撰文者一覽表中找到自己的名字，心滿意足。

我的頭銜是「怪談師・丹野三咲」。雖然不認爲自己的表演精湛到堪稱「師」的地步，但也沒有其他頭銜好用了。

高中畢業，進入當地的短期大學就讀時，我蒐集怪談的癖好已小有名氣。我只需要有人死掉的怪談，但因爲沒有初審過濾這種機制，難免會蒐集到沒人死掉的怪談。我請朋友介紹朋友，得到不下二位數的人們提供怪談相關資訊，突然意識到：這樣下去資訊量會爆炸。爲了追求效率，我製作了怪談資料庫，將內容分門別類，依日期逐一列出。以圓圈、三角和叉號三階段評價「有人死掉」、「大概有人死掉」，以及「沒人死掉」三種怪談。

這時，我開始參加東京都內的怪談活動、業界相關人士的飯局等等，被一些號稱「怪談師」的人注意到了。在這些人的眼裡，熱情十足地蒐集怪談的女大學生，或許是難得一見的人才。不久後，我也登上舞台。有張自己的名片，採訪時會方便許多。若要打聽傳聞中有東西會作祟的危險地點之類，也能得到不加隱瞞、遮掩的明確資訊。

我一邊打掃，一邊回想過去，不知不覺間大致清掃完畢了。於是，我著手進行每天例行的資訊蒐集工作。時光荏苒，距離美女大學生怪談師華麗出道，已過七個年頭。早年我的狂熱親衛隊會在各地現身，引來旁人反感，如今他們已消失無蹤，可能移情別戀改去追捧更年輕的女生了，只留下矢志不渝的支持者會用電子郵件傳來全國各地圈內人才知道的怪談消息。今天收到了三則。

第一則怪談：半夜一個人組裝紙盒子，就會被盒子裡跑出來的鬼殺死。

第二則怪談：透過兩面鏡子看人偶的臉，就會死掉。

第三則怪談：住在明尼蘇達州森林裡的食人女巫傳說。

明尼蘇達州太遠了，不予考慮，但紙盒和人偶或許有希望。我這麼想著，點開來查閱內容，結果都是早就知道的怪談。因爲我專門蒐集結局有人死掉的怪談，經常碰上這種情況。

不過，愼重起見，我比對了一下資料庫，發現怪談發生地點和以前蒐集到的似乎不同。這也是常有的情況，像是爲了幫自己經歷到的怪事加油添醋，取用知名的怪談細節，或是反過來在述說聽到的怪談時，將地點改爲附近來講述。比方說，有一則古典怪談是女鬼爲了養育孩子，每天晚上都去買糖，結果全國各地有好幾家糖果店宣稱「女鬼買糖的店鋪就是本店」。

話雖如此，我還是把新得到的怪談加入資料庫。實際上，所謂的怪談，九成九應該都是瞎掰的或是錯覺，但人在撒謊時，也會加入一丁點事實，若一百則謊言當中，有什麼完全不變的要素，我希望這部分就是反映了某些眞實。

這天順利完成預定的工作，我繼續準備下一本怪談集的稿子，不知不覺間就過了晚上七點。我想起和昇約在老地方碰面。「老地方」指的是從我的辦公室走路就能到的小居酒屋，沒什麼值得一提的料理，但老闆是個超級外星人狂熱者。不過，就算端出烏賊生魚片的時候大聊小灰人，也沒什麼客人會覺得開心。我在這家店倒閉之前發現它，三天兩頭就去光顧。

入內一看，昇已坐在吧檯座位，和老闆熱烈討論著超自然現象。

「啊，丹野小姐，我們正好聊到怪談業界呢。」

「電視上那些怪談師，很多都是蜥蜴人吧？我啊，一看臉就知道了。」

雖然是個饒富興味的話題，但我不予置評。老闆懷疑電視上的名人全是外星人派來的間諜，看看掛在牆壁角落褪了色的簽名板，他似乎只信任演員田中要次。

「我幫妳點青甘魚燉蘿蔔了。」

「謝謝。」

他還記得我愛吃的下酒菜。

「我點炸雞好了。」

「你應該點涼拌豆腐吧？」

我看著昇的大肚腩說，感覺比交往時又大了一圈。但他沒理我，理由似乎是只要繼續攻讀博士課程就會瘦下來了，剛好打平。

我們用啤酒乾杯，稍微聊了一下近況後，他進入正題。

「我找到那個大叔的訃聞了。」

「眞的嗎？」今早才拜託他的，沒想到這麼快就查到了。「不會太快了嗎？」

「我很會找人。這是有訣竅的，不能光用姓名搜尋，還要從社群媒體去查相關的人，找到『生日快樂』之類的訊息，就能查出生日等資訊。」

就算他詳細說明手法，我仍一頭霧水。總之，他是那種變成敵人會很難對付的人。

「不過，那個大叔不必這麼麻煩就查到了。他是車禍過世的。」

可能是察覺我的表情僵住了，昇把手中的影印紙收了起來。應該是剪報的影印資料。

「抱歉，我說個大概就好。」

「沒關係，不用在意我，繼續說。」

「是單一事故。聽說有一輛忘了拉手煞車的車子從坡道上滑下來，大叔被夾在車子和圍牆之間喪命了。」

這無疑是一樁悲慘的事故，卻也是常見的事故。

「我找到他的臉書帳號了。有在妳說的金魚釣魚場拍的照片，應該是本人沒錯。他的興趣好像是釣魚。」

「我想也是。」

「也有他去海釣的照片。上面標註地點是靜岡縣的釜津市。那裡有他熟識的船家。」

我馬上明白他想表達什麼。

「你的意思是，那裡有釣到就會害人死掉的魚？」

「至少很有可能是在那裡聽說的。」

我用手機上網搜尋了一下。釜津，釣到就會死掉的魚。沒結果。我又想了其他的關鍵詞：釜津，可怕的魚。

「啊，有一個結果。」

「給我看看。」

搜尋到的是個人部落格。作者住在釜津，介紹當地觀光勝地和傳說，其中一篇的標題是「大安國寺的怪魚傳說」。

古時，釜津有座大安國寺，住持康義和尚是一名德高望重的僧人。

某個雨天，村人們吵吵鬧鬧地來到寺院。住持問怎麼了，村人說海裡出現一條長達三尺的怪魚，咬了一名漁夫的手。寺裡的人想要幫忙包紮，漁夫被咬的部位卻變成可怕的顏色，散發出刺鼻的惡臭。

結果那名漁夫失去了一條手臂。

漁夫們異口同聲地說，那肯定是一條魔魚，必須立刻消滅才行。

於是，和尚率領村裡的男丁前往海邊。和尚一誦經，風雨卻變得愈來愈強。一團烏雲自水平線滾滾湧出，強烈的電閃雷鳴，嚇得好幾個人落荒而逃。

這時，那條怪魚從海裡現身。怪魚高高躍出水面，撲向和尚，想要一口吃了他。圍繞著和尚的漁夫之一立刻射出魚叉，阻止怪魚的行動，但怪魚仍逼近到和尚的鼻頭咫尺之處，張開布滿尖牙的大口。

這時，怪魚對和尚輕聲說了什麼。漁夫們拔出魚叉，怪魚翻了個筋斗跳起來，再次躍入海中消失了。

隔天早上，海面風平浪靜，昨天的風波宛如一場夢。然而，村子裡卻鬧翻天。因爲有人在海邊發現被打上岸的怪魚屍體。

傳說那條魚沒有鱗片，臉部有刺，眼睛很像人眼。

和尚堅決不肯透露怪魚對他說了什麼。但和尚圓寂時，爲他送終的一名弟子說，師父只提過那條魚知道他前世的名字。

附帶一提，怪魚的屍體只剩下骨頭，至今仍保存在該寺。

「大叔說的怪談是來自這裡嗎？至於釣到的人就會死掉，這部分很像釣客會做的渲染。」

昇把手機還給我，如此評論。

「原來如此，的確有點像。」

「可是，如果是來自這個傳說，怪魚早就被消滅了啊？」

「那是魚，就算有很多同類也挺合理的吧。」

「而且，這個傳說裡沒有人死掉。照上面的寫法，和尚也像是壽終正寢。」

「畢竟和尚沒有釣魚嘛。」

「是嗎？在海邊誦經引來魔物，從廣義來看，也算是一種釣魚吧……」

我們討論了一陣，最後結論是光靠這樣一則傳說，看不出什麼端倪。

「如果不是大叔看到這則傳說，編出『釣到就會害人死掉的魚』的怪談，應該會有其他人知道一樣的怪談吧？」

「這種可能性很高。」

「去靜岡看看好了。」

我說著，立刻確認行程，上網訂了新幹線的車票。好久沒跟昇兩個人出遠門了。最後一次和他出去，是分手前不久，聽說四國八十八靈場當中，有一處可以確實地咒殺人，我們便前往當地探訪兼旅遊。

這麼說來，那次旅行的回程，我們大吵了一架。我不是那種會跟別人吵架的人，這算是相當異常的情況，然而我卻想不起原因了。雖然吵架的原因往往是不值得記住的瑣事，我仍耿耿於懷。

發現我突然沉默，昇訝異地問：

「怎麼了？」

我們那時候是為什麼吵架？——我問了這個問題，昇露骨地擺出臭臉：

「需要在這時候提這個嗎？」

「可是……」

「價值觀不同啦。」

昇只是別有深意地說，不肯告訴我答案。

☘

乘上釣船之前還好，但這天就連外行人也看得出來，浪濤非常洶湧。昇從剛才就緊緊攀住船舷，不停地污染海洋。

「炸竹筴魚定食還可以理解，又加點綜合炸物，你實在……」

我在一旁調侃，但昇似乎連回嘴的餘力都沒有了。至於我，從某個時期開始，搭乘特定交通工具我就不會暈眩了。任憑船隻搖晃得再厲害，我都不爲所動。一定是感受搖晃的器官麻痺了。

我撇下昇，催促船長繼續說下去。

「妳是說釣到就會害人死掉的魚嗎？」船長交抱著手臂應道。「確實，最近常有客人提到。」

「船長知道那是什麼魚嗎？」

「什麼魚？那是都市傳說啦。」

「都市傳說嗎？」

「啊，發生在海上的話應該叫什麼？海上傳說？」

船長表示，他第一次聽說釣到就會害人死掉的魚，似乎是最近這半年內的事而已。好像是釣魚常客開玩笑地聊著，逐漸傳開的樣子。

「也有客人真心害怕這種傳說。雖然不到妨礙生意這麼誇張，但總是讓人不太舒服。」

「不是這一帶自古就有的傳說嗎？」

「在海上看到怪東西，這種事任何時代都有，可是怪魚喔？沒有啦。這一帶設有定置網，要是真的有什麼怪魚，早就被抓到了吧。」

船長言之成理，但有許多海中生物從未被捕獲，卻真實存在。過去的大王烏賊是如此，神祕怪魚或許也只是巧妙地避人耳目躲藏著。

船隻來到釜津灣正中央一帶了。我扯開嗓門，對抗著風聲和引擎聲問：

「釜津有叫大安國寺的寺院嗎？」

「有啊，這裡的人過年都會去參拜。」

船長指著釜津港旁，一座突出海面的蓊鬱綠山說道。約莫是表示就在那座山附近。

接著我在船長的指導下，垂釣了約一個小時，但每次拉起魚線，不管是死魚還是活魚，都一無所獲。

抵達陸地後，昇總算恢復了元氣。胃裡的東西似乎全吐光了，頻頻撫摸肚子的模樣實在可憐。但他似乎也沒食欲了，我在名產店前面吃甜不辣的時候，他只是不停地灌水。

「唉，眞是吃足了苦頭。」

「辛苦了。下次必須坐船的採訪，我會一個人去。」

「之前就聽說妳不會暈船，原來是眞的。酒量似乎也很好？傳聞妳能一個人喝光一整瓶沖繩泡盛酒。」

這話誇張了。以前喝的時候，頂多喝了半瓶左右……應該吧。

「你聽誰說的？」

「上次我去參加怪談活動，在閒聊中聽到這些內幕。很多人會聊丹野小姐的事喔。」

「是嗎？」我把剩下的甜不辣丟進嘴裡。「抱歉，我不是很喜歡業界八卦，沒在關心。」

從港口到大安國寺，據說搭計程車約五分鐘。乘車移動期間，我一直閉著眼睛，堵住耳朵。抵達一看，不愧是船長口中的當地人都會來參拜的寺院，矗立著一座宏偉的山門，但紅柱似乎新漆不久，不太有古剎的氛圍。金色匾額上大大寫著寺院的名稱，看來香油錢收入頗豐。

參拜完本堂，領取御朱印時，我順帶向僧人打聽了一下。據說這座寺院裡有珍奇的魚骨，是眞的嗎？是的，僧人毫不在意地回應。

「這魚骨有什麼傳說呢？」

「傳說是江戶時代中期，當時的住持從認識的漁夫那裡得到的。因爲是來自蓬萊的魚，稱爲『蓬萊魚』。」

和網路上查到的傳說內容不太一樣。

「不是這裡的和尚消滅的怪魚嗎？」

「也有這樣的傳說。不過就只是傳說而已。」

不巧的是，這魚骨是珍藏的寺寶，並未向一般民眾公開展示。愼重起見，我也問了對方知不知道釣到就會害人死掉的魚，得到的答案是「沒聽過」。

領取御朱印帳回來，只見昇在向一名拿著相機的老先生道謝並道別。昇看到我，笑咪咪地說：

「傳說中的魚骨好像眞的在這座寺院。」

「嗯，我也問過寺方人員了。可是他們說沒有公開展示。」

「聽剛才的老先生說，大概二十年前，有電視台來採訪，調查了魚骨的來歷。」

「真的嗎？」不可能是怪魚的骨頭吧。「那是什麼骨頭？」

「聽說查出來是小型鯨類的骨頭。」

大老遠跑來當地，結果是白忙一場嗎？我這麼想著，和昇一起離開寺院，藉山門前的觀光導覽板確認前往車站的路線，徒步似乎有些困難。沒辦法，我們前往來時的路上看到的公車站，總比搭計程車好吧。

「釣船老闆說，釣到就會害人死掉的魚，他是最近才聽人提起。」昇開口道。

「嗯，這表示可能是最近才有人創作出來的內容。」

「剛才的蓬萊魚的骨頭，好像從江戶時代就有了。」

「海邊的小鎮都會有一、兩個這類傳說吧？」

大概就如同我最初的想像，釣到珍奇大魚的人，因開心過度，心臟病發而死，是這樣的情節吧？釣客之間的玩笑話，和漁人小鎮常見的怪魚傳說結合在一起，形成了煞有介事的怪談。這是我的結論。

「期待落空了。」

昇的口氣並不怎麼遺憾。他也是熱愛蒐集怪談的人，所以應該明白，怪談大多是不足為道的內容。引發令人戰慄的恐懼、掀起社會現象的怪談，真的非常稀少。人幾乎天天都會看到不存在的事物。人腦並不是精密的機器，往往會把牆上的斑點看成一張臉，或明明沒有人，卻覺得有人在附近。

若非因緣巧合，這類事情只會留在聽到的人心裡，就這樣無疾而終。但有時機運來了，怪談就會不脛而走，留存於世。

我們要找的公車站在超商前面。這或許是當地知名的連鎖超商，但店名很陌生。以前似乎是個人經營的酒行，當時的招牌文字隱約殘留在外牆上。店頭陳列著蔬菜和菇類，附上手寫的標價牌。

我們等公車時，兩名中年男子從超商走出來。那身打扮一看就知道是釣完魚回來，他們似乎正愉快地談論著今天的成果。

他們走向停車場，對話的片段傳入耳中：

「……然後啊，說什麼釣到的人就會死掉……」

我吃驚地抬頭。旁邊的昇也做出一樣的動作。我們對望了一眼，不能錯過這個機會。我們連忙追上那兩名釣客。

對方狐疑地看著突然跑近的我們，但我一掏出名片遞過去，他們便興致盎然地盯著名片問：

「怪談師？」

「是的。」

「會上電視之類的嗎？」

「是的，有時候。」

我只上過無線電視台的節目兩次，因此「有時候」是假的。爲了軟化他們的態度，只能順應情勢，實際上也似乎有了效果。對方發出類似讚嘆的一聲「噢～」。我抓緊機會詢問剛才聽到的內容：

「不好意思，剛才聽到你們在說話，你們知道釣到就會害人死掉的魚的怪談，是嗎？」

「那算是怪談嗎……？怎麼說，有這種不吉利的東西……」

「可是，你剛才不是說那魚全身黏滑滑的會反光，還會說人話？」在一旁聆聽的另一名男子插話。「那才不是一般的魚，是怪物。」

「是啊，我們聽到的也是類似的內容。」我搭腔。

「什麼啊，原來你們早就知道了？」

「不，我們今天一整天在釜津各地打聽，但似乎沒什麼人知道……我們也去海邊那裡問過了。」

「釜津的海邊嗎？」

男子露出苦笑，但我不明白他爲什麼要笑。

「當然問不到了。那是河裡的魚啊。」

「河裡？」昇錯愕地問。

「地點也不是釜津，是隔壁的八板町。我聽說有人在狗龍川的河口一帶釣到過。」

☘

八板町是一座南北狹長的小鎮，似乎不像隔壁的釜津市，有什麼觀光勝地或知名景點。流過八板町中央的狗龍川，是從長野縣跨縣流過來的一級河川，往昔是行經東海道途中知名的天險之一。

「哎呀，眞是太感謝那些人了。換個地方打聽，一下就找到了。」

昇在電話彼端有些激動地說。結束釜津的調查旅行回來後，我們立刻著手調查八板町流傳的怪談和都市傳說，很快查到一旦釣起就會害人死掉的魚的傳說，正在狗龍川的釣客之間流傳開來。雖然有幾個不同版本，但基本上都是這樣的內容：

有釣客在狗龍川河口附近釣魚。時間有的是一大清早，有的是天黑以後。起初都是少數幾個人在釣魚，經過一段時間，在四下變得無人的時候釣到。

聽說那魚上鉤時的觸感就像眼張魚，但不諳釣魚的我，無法想像那是什麼感覺。力氣似乎不小。

至於外觀的描述，就相當五花八門了，根本無法判斷哪一種更接近原版。最常被談及的是整體印象，大多會使用滑溜溜、黏滑滑之類的形容詞，似乎罩著一層黏膜。頭部和魚鰓周圍有刺，多數說法提到沒有魚鰭。此外，還有像是「紅色的眼珠骨碌碌轉來轉去」、「不，眼珠已退化到只剩下痕跡」、「抓起來的觸感很可怕，就像人的手」、「不，質地更接近塑膠」，尺寸很大或是很小，很重或是很輕，各種說法都有。

其中，唯一共同的特徵，就是那種魚會說話。與其說是釣到不吉利的魚而死，更像是聽到魚說的話才會死。但魚到底說了什麼，沒有人知道。

「在部落格上看到的和尚的傳說也是這樣。沒有提到具體內容，只知道片段資訊。」昇在電話裡說。

部落格介紹傳說的文章中，確實只提到「魚知道和尚前世的名字」。被知道前世的名字會怎樣？說起來，人怎會知道那是自己前世的名字？雖然有許多疑點，但包括這些疑點在內，令人不寒而慄。

至於釣到就會害人死掉的魚的傳聞，則沒有前世這個要素。總之，魚似乎會說出什麼不祥的事，或是釣客直覺魚彷彿要開口說話，怕得立刻逃跑，所以逃過死劫，故事通常如此收尾。

「這魚會說什麼呢？」我說。

「往老套的方向想，是不是說出『你幾月幾日會死掉』這類預言？」

「這樣啊，然後人就在那一天死掉？」

聽起來似乎很有道理，但若是這樣，無法解釋怎會以這種曖昧不明的狀態傳播開來。我覺得應該會變成「會預言釣客之死，並且一語成讖的魚」的怪談。

「或者是魚說了某些無法言喻的恐怖內容，害當事人嚇死。」

「你是指像『牛首』那樣？」

「牛首」這個知名的怪談，也成爲小松左京的小說題材，傳說聽到此一怪談的人會因驚駭過度而死，所以沒有人知道實際內容。說起來算是一種荒謬的玩笑，不過怪談的存在本身成了一種怪談，相當有意思。

「不曉得是內容還是聲音，總之因爲太可怕了，聽到的人會死掉……可是從釣金魚的大叔的例子來看，並不是當場死亡。」我說。

「不過，不確定那位大叔是不是眞的釣到那種魚啊。可能他只是知道有這個怪談，車禍是碰巧發生。」

「怪談裡出現『碰巧死亡』，就是伏筆了好嗎？」

我搬出後設般的說法，昇似乎很傻眼：

「丹野小姐相當執著於這個怪談呢。一點都不像不信幽靈的妳。」

「我只是討厭靈異感應、死後的世界之類的說法，並沒有否定怪談。」

「聽起來是一樣的。」

「不一樣啦。世上不是有許多人類根本無法想像的事嗎？你自己在學校不是也在研究什麼四次元的壺扭一扭就會變成筒狀那類的事嗎？」

「唔，也是。」

「死掉的奶奶變成幽靈回來，陪孫子玩一玩之後消失——我只是無法相信這種事罷了。這對人類來說未免太方便了。」

如果人死之後不是消失，而是去了不同的地方，那一定是人類的道理完全不管用的世界。那會是一個無法前進或後退，或者說根本沒有前後、過去或未來的世界，否則實在讓人無法接受——對我而言。

「所以，死掉的家人變成幽靈回來見親人這種事，是絕對不可能發生的。」

「……是啊。」

接下來，我們針對釣到就會害人死掉的魚的怪談討論了幾個假說，但結果只是確認憑目前手上的資訊，無從更進一步探討。我的目的是確認這個怪談是否屬實，以及設法只抽出「人會死」這個元素。如果眞的有釣到並聽到牠說話就會死掉的魚，或許單純聽到牠說話，人就會死。換句話說，只要抓到那種魚，裝進魚缸之類的容器，我的目的幾乎就能夠達成了。

「還是只能去釣魚了嗎？」

「丹野小姐不會釣魚吧？在釜津不是也成績掛零嗎？」

「我不會釣魚，但認識一個興趣是去釣魚場的人。」

「哦，是嗎？」

掛掉電話後，我對正在背後的餐桌努力做勞作的那個人開口：

「小金，我有事想拜託妳。」

小金停下剪刀，回頭看我。她左手拿著剛才去超商列印出來的、據說在丑時三刻——凌晨兩點到兩點半之間，一個人組合完成，就會出現鬼的紙盒子。如果是眞的，那就比組裝模型雜誌《DeAGOSTINI》推出的任何一期都神奇了。

「我聽到了，可是我只釣過金魚。」

「這樣就很厲害了，我連金魚都沒撈過。」

「不過，那是妖怪魚吧？魚餌之類的釣具怎麼辦？」

「好像是照平常那樣釣魚就上鉤了，用蚯蚓什麼的也可以吧？」

「……好啊，我會試試。」

小金說完，繼續做勞作。我站在她坐的椅子旁邊，看著她做勞作。這紙型是前天支持者寄給我的電子郵件裡附上的，宣稱是應用了高知地方的陰陽道民間信仰伊邪那岐流當中的式神法術，但紙型連上膠的地方都幫忙預留好了，實在沒那個味道。

不愧是會釣魚的人，小金似乎手也十分靈巧，裁剪的地方呈俐落的直線。

「妳學校美術課的成績很好吧？」

「普通啊。」

「妳是那種會在下課時間一個人默默畫圖的類型吧？」

聽我這麼說，小金似乎有些惱火：

「看起來像嗎？」

「不是嗎？」

「是這樣沒錯啦。」

每次提到學校，小金總會流露排斥的態度，或許是沒什麼快樂的校園生活回憶。若是如此，我也是一樣的。跟小金一起生活已超過一年，但她不太願意談論自己。我也不怎麼談到自己，所以是彼此彼此。可是，連她的本名都不知道，有時會讓我感到寂寞。

每次我這麼說，她都會回答：萬一妳對我有感情，哪天我因爲詛咒死掉了，妳不是會很難過嗎？

或許吧。前提是眞的有這麼一天。

隔天早上，我起床去到客廳時，餐桌上擱著完成的紙盒。一旁的沙發上，小金發出安詳的呼吸聲熟睡，看起來不像有鬼出現過。我輕輕把毛毯拉上她的膝蓋，接著拿起紙盒，本來想要丟掉，最後還是捨不得，只好擺在電視機旁當裝飾。

我和小金一起研究釣魚，發現一個麻煩的問題。溯溪捕捉鮭魚的行爲，在法律上是禁止的。換句話說，如果釣到就會害人死掉的魚其實是鮭魚，那就觸法了，只能原地野放。

我想著這些無聊事的時候，小金穩穩當當地持續做準備。她向在釣魚場認識的釣魚迷討教，說想去河口釣類似目張魚的魚，於是對方給了她一大堆二手假餌和釣竿，我家客廳擺滿了這些東西，宛如釣具店。

就在這時，朋友捎來怪談活動的案子。酬勞不算特別好，行程也很趕，但我當下就答應了。最近開銷很大，最重要的是，做這一行，這個季節是唯一的旺季。

把登台服裝送去洗衣店，爲了避免表演超時，稍微寫一下講稿並復習，匆匆忙忙地準備，一下子就到了活動當天。開演時間是傍晚六點。我換好衣服準備出門時，難得小金叫住我。

「妳要去哪裡？」

「嗯，去工作。」

小金背對著我，用似乎很專業的布擦拭著拆開來的伸縮釣竿。我覺得她好像昭和時代的典型老爸。

「是怪談活動。夏天快結束了，爲了養某人我得賺點錢。」

聽我這麼說，小金回頭輕笑了一下：

「妳要講什麼？新的怪談嗎？」

「唔，不是。」

「有兩條右手骨頭的墳墓，還是紫色車掌的怪談？」

「都不是，我要講錢仙的怪談。」

小金聞言，意興闌珊地說了聲「什麼啊」，又繼續去擦釣竿了。可能得知不是她喜歡的怪談，失去了興趣。

「我跟妳說過這個怪談嗎？」

「沒有。」小金手上的釣竿彎曲反彈，發出「咻」一聲。「可是聽起來很無聊。」

「標題的確很樸素啦。」

雖然我自己也不是特別喜歡，但這幾年在許多場合講這個怪談，不知不覺間，被當成了我的固定戲碼。這次也是對方指定的。我蒐集的多半是詛咒、作祟之類，比較恐怖的怪談，據說有些觀眾聽了會不舒服，除了重度怪談迷以外，不太受歡迎。在這當中，錢仙的怪談似乎算是不那麼邪門、容易讓人接受的。

不過，這個怪談裡一樣有人死掉。不，說到死掉的人數，或許是我知道的怪談中最多的一個。不過和我尋找的怪談調性有些不同，而且難以用來實現我的目的，我才會當成普通怪談到處表演。

我把專心保養釣具的小金一個人留在家裡，前往會場。地點是代代木一棟小型活動會館。抵達一看，在後台集合的表演陣容並不怎麼豪華。然而到了開演時間，觀眾席的人意外地多，仔細一瞧，有幾個熱心支持我的粉絲。我似乎是被找來吸引客人的。

活動開始一段時間後，輪到我登場。這次活動的形式，是每一名講者單獨在台上發表怪談，然後加入談話席，聆聽下一名講者表演。總覺得很像「七人御前（註）」。

我做了個深呼吸，調整好狀態，接著娓娓道出故事。

☘

這是我朋友從妹妹那裡聽來的事。

她就讀的高中有段時期很流行類似錢仙的遊戲，幾個女生經常放學後聚在一起玩。我剛才說「類似」，是因爲它並不像各位所知道的，是把十圓硬幣放在紙上這種常見的錢仙玩法。

她們的錢仙遊戲，參加者要圍成圓圈站立，一個人坐在中央。這個人就是擔任靈媒的角色，遊戲期間，必須把眼睛蒙起來。

接下來，其他成員將手放在扮演靈媒的人頭上，念誦召喚錢仙的咒文——就是大

註：「七人御前」（七人ミサキ）是日本民間傳説中的鬼怪，爲死於災害或意外的一群人，通常是七人，會一同現身，四處抓交替。

家都知道的「錢仙錢仙請出來」。然後提出問題，像是戀愛方面的煩惱、下次考試的題目等等。到此爲止都跟一般的錢仙遊戲一樣。接著打散圓圈，大家分開到教室各處。

最後坐在中央的人站起來，順從直覺做出某些事。

指著某個方向，或是大叫，什麼事情都可以。總之，這個人的動作就是來自錢仙的訊息。

這個遊戲風靡一時，幾乎所有的女生都至少被拉去參加過一次。其中有個女生特別愛玩。這裡就稱她爲K子好了。

K子是班上的風雲人物，個性開朗，善於交際。另一方面，她也對占卜、靈異現象之類的事物非常著迷。尤其是錢仙遊戲，更是異常執著。她會強迫不願意的學生參加，一旦結果不如己意，就宣稱是除靈，逼對方吃下蟲子或雜草。說穿了，就是假借錢仙名義的霸凌吧。

某天，K子召集同伴，把同班的一個女生帶進空教室，叫她扮演錢仙遊戲的靈媒角色。那個女生從以前就是K子霸凌的目標，眞心害怕錢仙作祟，因此對K子來說，等於是絕佳的玩物。這天那個女生也很抗拒，但K子和朋友們強迫她坐下，蒙住她的眼睛……然後那個女生就安靜下來了。大家都說如果在玩的時候卸下眼罩，就會被詛咒，她應該是害怕被詛咒吧。

接下來，一如往常，K子和朋友們把手放在那個女生的頭上，念誦咒文再提問。她們提出了這樣的問題：

「我們之中，誰會最先死掉？」

然而問完問題，K子和朋友們都分散到教室各處了，圓心的那個女生卻遲遲沒有站起來。一開始笑著看她的K子，漸漸不耐煩起來。於是，K子悄悄靠近她的背後，冷不防搶走了她的眼罩。

周圍的女生們見狀，七嘴八舌地起鬨說：「妳被詛咒了！妳會死掉！」被惡整的那個女生坐在原地，呆了好半晌。理解到自己遭遇了什麼事，她突然發出超大的尖叫聲「哇——！」，一把推開站在後面的K子，跑出教室。K子和朋友們追上去想抓住她，但很快就追丟了。無可奈何，她們只好丟下那個女生，各自回家。

隔天早上，那個女生被人發現死在學校附近的溝渠裡。

約莫是倒栽蔥跌進溝渠，折斷了脖子。整個年級都知道那個女生被K子和她的跟班霸凌，因此流言四起：是不是被K子她們推下去？是不是自殺？但警方經過調查，認爲是不愼失足跌落溝渠，意外死亡。

即使如此，一度在校園內傳開的流言，不可能輕易停歇。那個女生在過世之前被逼著參加錢仙遊戲甚至被拿掉眼罩的事，也立刻傳開。那麼，這是不是錢仙的詛咒？雖然沒有說出口，每個人都這麼猜疑。

然而，在這樣的風風雨雨中，不知為何只有K子一個人，開開心心地繼續來上學。她不再玩錢仙，上課時間卻在走廊閒晃，一旦被老師警告，就突然放聲大笑，看在旁人眼中，顯然相當失常。

幾個星期過去，某天放學以後。

有個學生正要回家，聽見空教室裡傳來K子的聲音。而且，那聲音在念誦「錢仙錢仙請出來」的咒文一節。

到底是誰在陪K子玩錢仙？那個學生很疑惑。自從發生那起悲劇，錢仙的事就成了禁忌，幾乎沒有學生想要跟模樣反常的K子扯上關係。

那個學生靠近傳出聲音的空教室，從門上的窗戶窺看。只見教室裡的桌椅都被推到角落，蒙住眼睛的K子蹲在正中央。

然而，看不見其他參加者。K子在無人的教室裡，獨自蒙著眼睛在玩錢仙遊戲。

下一秒，K子猛地站了起來，在教室裡轉來轉去，接著突然停步，筆直伸出手臂，指著窗戶大叫。

〇〇會摔下去死掉。K子這麼說。

是那天和K子還有過世的女生一起玩錢仙的女生名字。K子叫完，當場蹲了下去，旋即再度站起，走來走去。然後，她停下腳步，指著不同的方向，做了一樣的事。

○○會跌倒死掉。

○○會被吃掉。

○○會撞到死掉。

K子宛如電池玩具般動作僵硬，身體彷彿遭到操縱。想到這裡，那個學生遍體生寒，拔腿就逃。逃離現場時，又聽見K子的叫聲：

K子會被分屍死掉——！

……這道慘叫聲之後，什麼聲音都沒了。雖然不曉得後來怎麼了，但這件事還沒結束。

發生悲劇之後，短短幾年之間，當時被K子點名的學生全都死了。有人從自家二樓窗戶跳樓摔死，有人跌倒撞到頭死亡，有人去山上露營時被熊攻擊，有人跳軌被電車撞死。

也就是說，完全符合當時彷彿被附身的K子大叫的那些死法。

最後，聽說K子也死了。但她是怎麼死的就不清楚了。不過，如果當時錢仙是在預言未來……那麼，她或許是在某處遭人分屍了。

還有一件不明白的事。就是一切的源頭，那場錢仙遊戲。當時有人問那個女生：

「誰會最先死掉？」

到底是誰、爲什麼提出這麼不吉利的問題？結果也沒有人知道。

☘

活動的反應算是熱烈。這種場合，而且是與同業同台共演，自然會期待能聽到一些新的怪談，遺憾的是，沒有我在尋找的有人死掉的怪談。

但有一則據說是在靜岡縣西邊聽到的怪談。從內容聽來，地點似乎是在釜津附近。後來我向發表那則怪談的同業打聽詳情，果然是去年春天在八板町採訪到的內容。只是，地點不是河口附近，也不是河川沿岸。

不過，如果登場的是魚，或是看到魚的人死掉，我也會懷疑或許與自己正在追查的那則怪談有關，但怪談本身是小池塘有河童出沒，因此我覺得應該無關。

接下來，我稍微幫忙會場收拾善後，結果時間過了午夜。差不多該回去了。

我向眾人道別，先走一步，暗處突然冒出一名彪形大漢叫住我。是歹徒嗎？我瞬間戒備起來。

「喂喂喂，是我啦。」

站在夜晚的馬路上的人，是松浦先生。

「嚇死人啊，我還以爲是色狼。」

「居然說我這樣的大帥哥是色狼？太過分了。」

我猜想他是下班要回家，但他穿了件古怪的夏威夷衫，希望不會是上班服裝。年輕人也就罷了——不，就算是年輕人，一樣很引人注目，但年過四十的松浦先生這身打扮在職場亂晃的話，就更惹眼了。他的職場應該相當保守。

「不想招來懷疑，就穿正常一點好嗎？」

「這是以前跟女友去夏威夷的時候買的衣服，很貴的耶。」

「一回國就被甩了吧？搞不好就是那件衣服的詛咒。」

「還是應該去義大利旅行的。」

雖然這副德行，但松浦先生是一名不折不扣的律師，在都內有自己的事務所。儘管通過了司法考試，卻因學生時期的操行太差，無法擔任法官或檢察官，只好當律師——這情節很老套，眞假不明。

「妳才是，穿得一身剛參加葬禮回來的樣子。」

「啊，你說這個嗎？」這天我穿的是荷葉袖黑洋裝。「很好啊，滿有怪談氣息。」

剛出道的時候，我常穿和服。活動主辦人半命令式地說這樣比較有氣氛，所以我才做和服打扮，但和服穿起來實在太麻煩了。最近沒有人再指教我的服裝，於是我從善如流，不穿和服了。

見我拎起裙襬搔首弄姿，松浦先生傻眼地嘆氣。接著，他忽然想到似地說：

「對了，妳上次問有沒有早上發現的、被穿刺死亡的屍體，那是怎麼一回事？」

我完全忘了曾請松浦先生調查穿刺人偶森林的事件傳聞。有時候我會強人所難，央求松浦先生幫忙調查以前的案件或事故。律師這一行做久了，在警界和媒體似乎會建立起不少人脈。不過，當然不可能請他拿出內部資料啦。

「沒事。」我撫了一下裙子。「我聽到這樣的傳聞，好奇是不是眞的。」

「怎麼可能有這種事？」

「眞意外，我以爲只要跟靈異現象有關，你什麼都信。」

松浦先生和我不一樣，是那種對幽靈、妖怪、死後殘留的怨念之類深信不疑的人。這不會影響他身爲律師的能力嗎？我一直對此感到不安，但或許在某些情況下，更重要的是能夠堅定地相信吧。

我和松浦先生並肩而行，不約而同地走進一家還在營業的咖啡廳。一坐下來，松浦先生便說：

「是說，妳要上台的話，通知我一聲嘛。」

「這次的工作很突然，我等於是臨時被找來的，而且你應該很忙吧。」

從我出道的時候開始，每次我登台表演，明明沒邀請，松浦先生卻經常跑來捧場。

「今天妳說了什麼？」

「老故事了，錢仙的怪談。」

「哦，那個啊。」

聽到我的回答，松浦先生交抱起雙臂，一臉凝重地問：

「妳還在蒐集有人死掉的怪談？」

「對啊。這個怪談太難用了，所以我不打算拿來用在我的目的上。」

「難道沒有『放棄』這個選項嗎？」

這回換我擺臭臉了：

「沒有。這件事談過很多次了吧？要是不找了，我可能又會割腕，這樣也無所謂嗎？」

「好好好，我知道了。」松浦先生微微舉起雙手，故意裝出戲謔的表情。「不談這個話題了，彼此都不提。」

我痛切地感受到松浦先生有多重視我。就算會插口干涉，他也絕對不會越線。那個時候很多人同情我，想要施捨我，但我並不是他們想像中「可憐的小女生」，所以每個人都離我而去了。這是理所當然的。我不是什麼可憐蟲，理解這一點的只有松浦先生。

「而且當初把錢仙事件改編成怪談，松浦先生不是也幫了我嗎？」

「那是妳騙我說什麼人氣下滑，不講些更淒慘的怪談，就會被主辦單位冷凍拋棄，我是被逼的。」

「我沒騙你啊。而且我又沒說人氣下滑。」

錢仙怪談的源頭，是昇不曉得從哪裡打聽來的故事。他有個小三歲的妹妹，會四處蒐集各種靈異故事，其中之一就是錢仙。

在同一所學校，而且是同年級的學生，有好幾個人遇害或死亡，這種事有些難以置信。所以我請松浦先生幫忙查一下有沒有符合的案子，結果查到眞的有一起情節幾乎相同的案子。我在舞台上講述的，是以從昇那裡聽到的內容，和松浦先生調查到的案子爲基礎，潤飾細節而成。

「後來沒有任何消息嗎？像是查到季里子的下落之類的。」

怪談中被介紹爲K子的女生，本名叫河合季里子。最後她下落不明，但她並非失蹤，似乎是全家人都斷絕了聯絡，無從找起。

「我說妳啊，我也有自己的工作，哪有可能整天在那裡追查怪談的源頭？」

「這句話我去年也聽過。我去年不是也拜託過，爲了慎重起見，請你幫我查一下嗎？後來怎麼樣了？」

「妳有拜託嗎？」

「喂！」

「開玩笑的啦。這不是什麼有趣的事，不過去年那條溝渠的下游，又發現了別的屍體。是住在附近的老爺爺，據說是之前就得了失智症。」

「你說的那條溝渠，是找到被霸凌的女生遺體的地方？」

「嗯，聽說是距離那裡約一公里的地方，有老人跌落，撞到頭死掉。然後我好奇地查了一下，發現自從那個女生死在那裡之後，同一條溝渠就經常發生各種意外事故。」

除了失智老人跌落摔死之外，還有孩童溺水、汽機車衝進溝渠等等，這類事故明顯增加了。

「你是說，可能是那個女生的怨靈在作祟？」

「有這種可能，也有可能是附在那個女生身上的錢仙造成的。喏，那種東西不是都會聚集在有水的地方嗎？」

松浦先生用指頭沾了冷水杯底部的水滴，在桌上畫出一條線。

「某些髒東西像這樣，順著水流逐漸擴散開來……不是很有可能發生的情況嗎？」

「順著水流……」

「想到什麼不錯的情節嗎？」

「嗯，不過不是你說的那件事。」

金魚釣魚場的大叔，應該是在釜津聽聞釣到就會害人死掉的魚的事。然而我們調查之後，發現實際的現場是狗龍川的河口。大叔或許只是聽到鄰町的傳聞而已。可是，假設眞的有那種魚，或是類似魚的事物存在的話，就算它從河口迴游到海灣中心，也是順理成章的事。

還是，河口並非眞正的源頭？

眞正的根源是在更上游，從那裡滲透出來的某些事物，只是剛好採取魚形現身？

像這樣思考下去，背脊有些發涼。搞不好這個怪談會繼續擴散。

我驀地想起剛才同業披露的，棲息在八板町池塘的河童的怪談。

「松浦先生，不好意思，有件事我得立刻確定一下。等蛋糕送來，我的份給你吃。」

「呃，這是沒關係啦……」

松浦先生想了一下，喃喃說著「塞不下兩塊呢」。我忍不住笑了。

「那我先走了，今天晚上謝謝你。很久沒跟你聊天了，很開心。」

「我才是。不過，妳要小心啊。」

「小心什麼？」

「各種事啊。」

松浦先生這麼說的表情，和剛才一樣凝重。是準備說出難以啓齒的話時的表情。

「別陷得太深了，尤其是『河』的事……」

「……你是在說那起事故？」

「嗯，我就是覺得河川在呼喚妳。或者，是妳太執著於河川？」

河川。我看到的那個地方，是全然的黑暗、冰冷、駭人。對我而言，任何怪談都不可能超越那個地方。不管是憤怒還是悲傷，一切都融入了那裡，現在仍在那裡漂蕩著。

「是啊，一定是的。」

那天夜晚，我被河川附身了。

☘

小時候，我最痛恨鬼故事。

不管是看繪本還是卡通，只要出現可怕的場面，我就會嚇得哇哇大哭。聽說有一次父親捉弄我，說了父母都會嚇小孩的話「如果不乖，妖怪就會來抓妳喔」，結果搞得全家雞飛狗跳。入夜以後我仍不肯回去臥室，在客廳開著燈，和拿我沒轍的父母一起熬到三更半夜。

這樣的童年當中，有件事我的印象格外深刻。

那是我上小學以前的事。同住的祖父過世了。最愛爺爺的我哭得稀哩嘩啦。我不肯承認祖父死了，也不喜歡親戚齊聚一堂的氣氛，不管是守靈還是葬禮期間，幾乎都一個人躲在別的房間裡。

後來，很快地，或者只是記憶中很快，其實是更久以後的事，總之我夢見了祖父。我和祖父在我們經常一起玩的八張榻榻米大的和室裡，面對面坐著。祖父低著頭，不發一語。雖然祖父什麼也沒說，但我知道他在生我的氣。

視野角落有東西在動。黑色的物體在家具後方若隱若現。我很在意，卻無法轉頭確認，只知道那是可怕的東西。

天花板的縫隙間、榻榻米的邊緣處也冒出黑色的物體。它們目不轉睛地看著我和祖父。在我的眼中，它們只是一團團黑色的東西，但我知道它們正看著我們。有時會傳來吐氣般「呃呵」的笑聲。

很快地，那些黑色的物體離開牆壁、天花板和榻榻米，靠近我和祖父了。我想叫卻叫不出聲，也無法動彈。身體近旁傳來看不見的某人的呼吸聲。

呃呵呵、呵、呵哈。

我整個人驚醒，跳了起來。瞬間，我想起自己在睡覺。這裡是平常的臥室，父母就睡在左右兩側。

我放下心來，就要再次躺下，這時和貼在天花板上的祖父四眼相對了。

被我的尖叫聲吵醒的父母打開電燈時，祖父已消失。我號啕大哭，在母親的安撫下，斷斷續續地說出剛才做的夢，還有看見應該早就死掉的祖父。

大致傾吐完後，母親撫著我的背說：

「爺爺一定是覺得寂寞。因爲他沒辦法跟妳說再見啊。」

是這樣嗎？我十分疑惑。果眞如此，那些黑色的東西是什麼？然而年幼的我，語言能力不足以表達那種異樣的感覺。

隔天一早，我和母親一起去祖父的房間，對著佛壇合掌膜拜。母親要我「跟爺爺說再見」，所以我在內心說：「爺爺再見，不要再出來了。」

不經意地抬頭一看，祖父的遺照映入眼簾。

「妳看，爺爺很開心。」

母親這麼說，但我只覺得遺照上的那張臉毫無表情。

幾年過去，我十一歲了。某天，父母開車帶我出去吃飯。地點是附近的義大利餐廳，但我們在那裡吃了什麼、聊了什麼，我幾乎都不記得了。當時的我即將踏入青春期，和父母相處的距離感漸漸改變。所以那天的晚餐，沒留下什麼愉快的回憶。我一直感到很後悔，如果我知道回程會發生那種事……

我沒有明確地目擊事發的瞬間。父親坐在駕駛座，母親坐在副駕駛座，我坐在後座。父親突然「啊！」了一聲，猛地切過方向盤，同時擋風玻璃被白光籠罩。伴隨著劇烈的衝撞，車體傾斜到幾乎橫倒，接著傳來巨大的水聲，我知道車子落水了。

車子裡一片漆黑，什麼都看不見。在衝撞下，繫著安全帶的我胸口被緊緊勒住，好一陣子喘不過氣。很快地，我從鞋尖的觸感知道水淹到腳邊了。

「好痛！好痛！」

我聽到母親的慘叫聲。事後我才知道，我們的車子因撞擊的力道過猛，左前方嚴重凹陷扭曲，坐在副駕駛座的母親下半身整個被壓扁了。

發現父親在呼喚我的名字，我出聲回應。聽到我的聲音，得知我還有意識，父親對我大喊：「離開車子！」我解開安全帶，試著推車門，但車門打不開。是水壓的關係。

「打不開！」我大叫，父親要我打破車窗。我用拳頭和手肘敲打窗玻璃，但那不是十一歲的女生的力氣能打破的。這段期間，母親淒厲地哭喊著。

父親的身體移動到副駕駛座了。我以爲他要救母親，但並不是。父親強硬地扳開置物箱的蓋子。可能是下半身被施加了更多的壓力，母親叫得更慘了。她瘋狂地掙扎，拚命捶打父親的背。在背部被捶打的狀況下，父親仍從置物箱裡找到東西，遞給了我。那是逃生用的鐵鎚。

把鐵鎚給我之後，父母會怎樣？我心想。可是沒空想這些了。水淹到膝蓋，而母親幾乎要瘋了。

「快出去！」

「好痛！好痛！好痛！」

這是我聽到父母說的最後一句話。我立刻用鐵鎚敲破車窗，雖然水灌進車內，但車子後方還在水面上。我爬出車窗游泳，勉強抓住岸邊的草，才終於回頭。然而，車子已沉入黑水，不見蹤影。

我想要離開水中，但河底的泥濘緊緊攫住我的腳，拔不出來。這時，有人抓住我的手。抬頭一看，是一名陌生的中年男子。

「妳還好嗎？加油！」

男子喊道。我以爲他是附近的居民。在男子的攙扶下，我爬上堤防，又有幾個人聚集在那裡。有人發現全身濕透的我，爲我拿來浴巾。很快地，急救人員趕到，但車子已完全沉入水中，那天晚上根本無法找到。

一直到很後來，才終於釐清事發當下的狀況。當時父親的車子開在河邊的堤防道路上，前方突然冒出一輛完全偏離車線的對向來車。情急之下，父親將方向盤往右切，但對方直接衝撞過來，導致車子滑落河中。由於大雨一直下到午後，河水的水位升高了。

車子裡找到父母的遺體。

我憎恨肇事者，覺得這種人應該被判死刑。收養我的舅舅和舅媽盡量不讓我看到關於車禍的新聞，但這跟有沒有看到無關。畢竟我已是國中生了。

然而我的期待落空，肇事者沒有被判死刑。他甚至沒有進監獄，而是獲得了緩刑。

那天晚上，把我從河裡拉起來的男子就是肇事者。他是附近高中的教師，那是去拒絕上學的學生家裡進行家庭訪問後，回程的路上。他和神經質的家長談話，十分疲憊，又剛好連續加班多日，在睡魔的襲擊下，方向盤操作失誤。判決文內容從頭到尾都對肇事男子十分同情。

既然如此，由我來殺了他吧。我查到了肇事男子的住址和姓名。當時的網路世界還勉強保留著地下文化的氛圍，肇事的高中教師馬上被肉搜出來，在某個匿名留言版貼出個人資訊。我也想知道殺人的方法，但就算是網路世界，也不會教我怎麼殺人。我調查了過去的獵奇殺人或連續殺人案，最後都是凶手落網結案。我由此得知，不會被任何人發現的完全犯罪，只是紙上談兵。

我開始隨身攜帶美工刀，並實際去過肇事者的家門前。大門深鎖，不曉得是剛好人不在，或是老早就搬走了。我也不曉得如果本人在家，我打算怎麼做。總之，我沒辦法靜靜待著。

父母的聲音在耳底迴繞不去。那個夜晚，在漆黑的河裡聽見的慘叫與哀號。我和父母應該有過許多快樂的時光，但我完全無法回想起來。慘叫聲覆蓋了一切。

好痛好痛快點出去救命救命求求你救救我快點出去好痛好痛我好怕好痛好痛。

要是世上有幽靈就好了，我心想。就像祖父那樣，父母也變成幽靈就好了。然後咒死那個肇事者就好了。如果沒辦法，把我一起帶走吧！

當成護身符攜帶的美工刀，我有時候會拿來割自己的皮膚。

我想起死去的祖父。母親說是死掉的祖父回來了，但我已不信那一套。一切都是發生在模糊記憶中的事。死去的家人回來見親人，這一點都不科學，根本不合理。

可是，當時的我比什麼都更需要這種曖昧不明。

幽靈和怪談、詛咒和作祟、神祕學、超自然現象、靈異現象，我貪婪地在網路或書本上吸收相關資訊。對我來說，能夠依靠的只剩下這種東西了。在故事裡，人可以輕易變成幽靈。因爲有女鬼出沒，深入調查後發現以前有女人在該地自殺。這樣的邏輯在故事中彷彿天經地義。

騙人。車禍現場的那條河，後來我去過好幾次，但什麼都沒有。只有河水平靜地流過而已。那裡沒有詛咒，沒有作祟。我的父母甚至沒有留下一鱗半爪，就從這個世上消失得一乾二淨。這麼一想，我實在不甘心到了極點。

不知不覺間，我開始蒐集關於詛咒和作祟的怪談。人不是死掉就沒了。死人會帶來靈障、刻下怨念，侵蝕著生者的世界死去。這樣的故事對我來說是一種救贖，也是一種祈禱。可是，隨著蒐集到的怪談愈來愈多，我的心底萌生另一種想法：

如果，其中有一些是眞的呢？

不好好珍惜玩偶的人遭到作祟而死。那麼，如果能弄到那個玩偶呢？
進入某棟房屋的人會被詛咒而死。那麼，把某人叫到那棟屋子裡呢？
聽到那條魚說的話就會死。那麼，想辦法釣到那條魚呢？
倘若現實中眞的有所謂的詛咒或作祟，只要條件對了就會發動，那麼，我就能在完全不觸犯法律的狀況下，殺掉那名肇事者。

# 二、充滿怪談的河川

反手握著菜刀的小金出現在手機畫面中。因爲從壁櫥爬行似地現身的小金，另一手拿著的攝影機正對著房間的穿衣鏡。小金戴著巨大的口罩，完全看不出表情。

小金打開房門，在陰暗的走廊上緩緩移動。我馬上認出是住處的走廊。近旁的臥室裡，我應該在鼾睡。但小金沒有往那裡去，而是朝著另一邊，廁所和浴室所在的方向走去。

攝影機麥克風捕捉到浴室隱約傳出的水聲。是許多物體在有深度的水中浮蕩的聲音。

小金伸手打開浴室的燈，畫面瞬間過曝變白。她慢慢調整畫面的明亮度，映出浴室裡異樣的情景。

放了水的浴缸裡，漂浮著無數個布偶。

小金把攝影機固定在預先準備的三腳架上，接著撿起一個布偶，揮舞菜刀。

「妳在看什麼？」

小金從旁邊座位探頭過來看我的手機，隨即大皺眉頭：

「欸，就叫妳不要一直看了。」

「拍得相當好啊。剪接也很棒，觀看次數累積了這麼多，好像滿紅的。」

「才不是紅，是引發爭議而已。」

小金經常拍下親身嘗試詛咒儀式，或前往靈異景點探索的過程，上傳到影音網站。最早是小金把影片傳給我，我擅自上傳的，沒想到異樣地大受歡迎。既然這麼有人氣，繼續拍攝上傳比較好——小金答應我如此強勢的請託，後來也定期完成作品並上傳。

然而，偷偷擅闖其實是私人土地的廢墟，或是用球棒破壞留有牌位的佛壇等過火的行爲往往讓人看不下去，總是會引來撻伐。小金在知名影音網站上的帳號全數遭到停權處分，如今都在外國色情影音網站上悄悄活動。

「這是『同時用九十九個娃娃玩〈一人捉迷藏〉』吧？」聽說娃娃數量愈多愈好，但有人說四個，有人說十三個，莫衷一是。既然要實驗，小金乾脆挑了最大的數字。「是會引發爭議的主題嗎？」

「一人捉迷藏」是從某個時期開始，經常在網路上看到的降靈術。準備布偶，讓靈降臨到布偶中，然後自己一個人躲起來，觀望情況，結果就會發生奇異的現象，是這樣的遊戲。作爲影片主題，算是很主流的哏。

聽到我的疑問，小金無力地搖搖頭：

「妳太天眞了。名聲臭到這種地步，光是打招呼都會被罵到爆。」

爲了釣到傳說中的怪魚，我和小金正坐在前往八板町的列車上。大型行李預先宅配到旅館了。如果順利釣到怪魚，那就是萬幸了，但除了釣魚之外，我還有別的目的，因此預定在八板町住宿五天左右。小金挑戰釣魚的期間，我打算去其他地點調查。

從新幹線換車到當地線，抵達八板町時，已過中午。走出月台，夏末的熱氣立刻撲面而來。我拉動衣領搧風，詢問小金：

「車站前應該叫得到計程車，妳可以自己先去旅館嗎？」

因爲還有行李要領取。聽我這麼說，小金訝異地偏頭問：

「咦，那妳呢？」

「我用走的過去。」

繭居在家的小金，不知道我不能坐汽車。

有段時期眞的完全沒辦法。一繫上安全帶，就覺得帶子勒進身體裡，無法呼吸，汗水泉湧而出。在舅舅和松浦先生的協助下，我一點一滴地克服障礙，最近可以坐短程車了，但我依然不喜歡主動去坐車。

走出驗票口一看，圓環角落設有小小的計程車招呼站，停著一輛看起來很閒的皇冠（Toyota Crown）。坐那輛就行了吧。我拿著錢包就要走向計程車，小金拉住我的手：

「沒關係，我跟妳一起用走的。」

我不明白她爲什麼會這麼說，不知如何反應：

「可是……」

「沒關係啦。」

小金說完，重新揹好背包，快步走向圓環那邊的斑馬線。我懷著無法釋然的心情追上去。小金雖然那副德行，但直覺靈敏，也許是看到我的態度，察覺了什麼，因此這應該是她對室友的關懷吧。這麼一想，我感到一陣窩心。

走了約莫十五分鐘，抵達預約的旅館。聽說是家老旅館，但最近似乎重新整修過，內部相當新穎整潔，甚至有網路。小金看起來頗中意，四處翻開裝飾的畫作和掛軸，看看背面有沒有貼符咒。我姑且問了一下女職員，但她表示沒有會鬧鬼的客房，實在有點遺憾。

吃過客房裡附送的點心，恢復體力之後，我們徒步前往河口。沿路有幾座公園和海水浴場，遊客眾多，熱鬧滾滾。小金事先從東京釣友那裡蒐集資訊，列出幾個可能的地點，於是我們依序前往探聽。

抵達一看，果然是人氣釣魚地點，好幾個人已在釣魚。我叫住正要離開的釣客，詢問今天的釣魚成果。

「現在的季節有沙鮻，還有白帶魚，偶爾也能釣到比目魚之類。」

「這一帶好像有人釣到奇怪的魚，不曉得您知不知道？」

「奇怪的魚？」

「是的，呃，聽說有時候釣到的人會死掉……」

「哦，」釣客露出瞭然的表情，「是針魚嗎？」

「針魚？」

「約莫這麼大，銀色的、嘴巴很尖的魚。晚上不是會開燈釣魚嗎？有時候針魚會對燈光起反應，跳出來刺到人。」

站在後方的小金突然捏住我的衣袖，輕聲尖叫。

「這一帶也有，如果要夜釣，最好小心一點。」

釣客只說了這些話，便一臉滿足地離開了。小金神情複雜地目送他的背影。

「妳嚇到了？」

「怎麼可能？」小金笑也不笑地說：「不過，被咒死就算了，我才不想被魚刺死。」

詛咒怪魚的眞面目不可能是針魚，但如果有這麼危險的魚，也滿恐怖的。

我重新環顧周圍。據說，那種釣到就會害人死掉的魚出沒的狗龍川河口，就是這一帶。來到這裡之前，我從蒐集到的內容挑出相關的描述，試著推測大致的地點，但每一種說法都有微妙的不同。有時是右岸，有時是左岸，有時是沙地上，有時又不是。假設每一種說法都是真的，那麼怪魚有可能棲息在這一帶的任何一處。

至於時段，一定是清晨或深夜。還有個共同的特徵是，釣到那種魚的時候，四下都無人。即使與時段無關，從現在釣魚地點人潮擁擠的程度來看，不太可能在大白天發生那種狀況。

不管怎樣，我們原本就預定明天開始挑戰釣魚，所以今天只勘查地點便撤退了。而且除了釣魚以外，今晚我有其他事情想要先調查一下。

回到旅館，吃過晚飯後，我和小金一起去泡澡。雖然不是溫泉，但相當寬敞，兩人一起泡也綽綽有餘，舒暢極了。小金在浴槽裡一邊哼歌一邊伸展雙腳。我也在她旁邊泡著，告知接下來的預定行程。

「這附近好像有河童出沒的地塘，我們去看看吧。」

「河童？」毛巾從小金的頭上掉下來。「不是魚？」

「這只是我的猜測，但我覺得這兩者可能是同一種東西。」

我把在東京聽到的同業講述的河童怪談，也告訴小金。

這是住在八板町的高中男生遇到的事。

男生從不久前就一直計畫要和同班的女友深夜單獨約會。進入暑假後，他把計畫付諸實行了。他溜出家裡，在附近和女友會合，一起偷偷出去玩。不過，兩人都只是高中生，所以並不是開車兜風，或是跑去鬧區放浪形骸。不過是去超商買冰，在附近散步聊天而已，是非常健康的約會。

從兩人的家走一段路，便是一片雜木林，深處有個大池塘。那裡從以前就經常發生兒童落水、溺水事故。可能是這個緣故，現在周圍都用柵欄圍起來了，無法隨便進入，但柵欄仍有一、兩處破口。兩人鑽進破口，坐在岸邊情話綿綿。嗯，或許還做了其他的事。

過了一會，突然傳來水聲。

「嘩喇」一聲，好像有東西掉進池塘。起初兩人並不在意，以為是有魚跳出池水，然而，池塘各處陸續傳來「嘩喇」、「嘩喇」的聲響，兩人不禁心生疑竇。

他們停止聊天，豎耳細聽，某處又傳來「嘩喇」一聲。兩人的腦中浮現這樣的想像：有人下半身浸泡在池塘裡，像孩童玩水那樣撥動著水面。

但除了他們以外，實在不可能還有別人。禁止進入的池塘周圍完全沒有照明。一片漆黑中，只感覺得到沉澱的池水質量。

然而，有什麼東西不停撥動著池水。

男生害怕極了，只是在女友面前，逃跑太可恥了。他逞強地說「我去看看」，走近池塘，蹲下來把臉湊向水面，沒看見漣漪，只聽見水聲。而且那聲音漸漸靠近這裡。

嘩喇。

嘩喇，嘩喇。

潑喇！

最後一聲近在咫尺。兩人都嚇破膽了，怕得無法動彈。陰暗的水面上，有東西緩緩浮現。很快地，一個約莫人頭大小的黑影從水面伸了出來。那東西窸窸窣窣地說著什麼。

男生好不容易站起來，抓住女友的手臂，拔腿狂奔，逃離池塘。背後再次傳來嘩喇嘩喇聲。男生說，如今回想，那也像是有東西從水中現身的聲音，而不是落水的聲音。

原版的怪談當中，最後補上一句「有時也會有掉進池中溺死的孩童幽靈出現」作結。聽完後，小金問我：

「那池塘的源頭是哪裡？」

「眞敏銳。」我應道。「那裡原本是狗龍川的支流之一，後來河川流向改變，留下來的部分形成了池塘。聽說地下仍和狗龍川相連，有時也會有魚跑進來。」

「換句話說，我們本來以爲那種魚是出現在河口，其實不是，是在更深山的地方嗎？」

當初在釜津聽到這則怪談的詳細內容時，告訴我們的釣客說是「河裡的魚」。因爲說是在河口釣到的，我一直認定是這一帶的魚，會不會其實並不是？

「如果不只是河口附近，而是整條河都有那種魚，那麼在與狗龍川相連的池塘或支流發現，也是很自然的事。」

而且這則河童怪談，和魚怪談還有其他的共通點，就是那東西說了某些話這一點。我向採訪到河童怪談的本人確認過了，當事者完全聽不清楚河童說了什麼。雖然說了什麼，但聽不出內容。這也是和魚怪談相同的特徵。

繼續在浴槽裡聊天，感覺會泡昏頭，我們決定在前往現場的路上再接著討論。小金泡完澡想喝咖啡牛奶，可惜這家旅館太小，沒有商店也沒有自動販賣機。

☘

其實，我原本想趁著天色還明亮的時候去，但在旅館休息太久，抵達池塘的時候，四下已是一片漆黑。周圍是街道錯綜的住宅區，我靠著手機地圖應用程式，好不容易找到了地點。那裡有一座如同傳聞描述的雜木林，但並非公園或神社森林那種氛圍。

看上去當然沒有路燈之類的照明，於是我打開預先準備的手電筒。在鋪滿碎石的路上前進了一段距離，黑暗中浮現金屬柵欄，上面掛著「禁止進入」的牌子。柵欄各處還掛有「禁止釣魚」、町公所負責管理的部門名稱等牌子，看來就是這裡沒錯。

怪談中的柵欄有破口，但身爲外地人的我們實在不可能找到。沒辦法，只能隔著柵欄，用手電筒照向裡面的池塘。從柵欄再進去四、五公尺的地方，浮現亮澤的水面。

不經意地回頭一看，小金不見了。

「這邊、這邊。」

可能是發現我拿手電筒四處亂照在找她，不遠處傳來小金的聲音。

「這邊的鐵絲網掀起來了。」

靠過去一看，確實只有那個地方，鐵絲網從柵欄的框架分離，有些捲了起來。掀開來後，出現可容一人鑽過去的洞。也許是那對小情侶通過的地點。

「要進去看看嗎？」

沒理由不進去。我點點頭，小金便匆匆鑽進裡面。我拿著手電筒追上去。通過時我小心翼翼，以免被鐵絲網邊緣割到手。這時，小金已走到水邊。

池塘周圍沒有照明，但森林外緣就有住家，並不到伸手不見五指的地步。但要是沒有手電筒，走起路來不免膽戰心驚。小金居然能行動自如，我十分佩服。

我想要靠過去呼喚她，小金卻搶先開口：

「妳有沒有聽到？」

瞬間，我一陣毛骨悚然，停止說話，豎起耳朵。森林深處不停傳來呱呱叫聲。雖然聽不出種類，但應該是青蛙。

這時，某處傳來水花聲。

我心頭一驚，不過還不清楚是否就是那種聲音。身在池畔，有水聲沒什麼好奇怪的。這裡也有蛙類，或許就像芭蕉的俳句說的「古池蛙躍濺水聲」罷了。

我們又等了片刻，卻沒聽見下一道水聲。我拿手電筒照向水面。

光圈掠過池塘中央一帶的瞬間，我瞥見有東西沒入水面。

「……妳看到了嗎？」

「看到了。有東西呢。」

既然兩人都看到了，應該不是眼花。是魚受到光的刺激，跳出水面嗎？或者是有岩石之類的東西突出水面，光源迅速移動，導致看起來像是岩石動了？我暗自懷疑，再次慢慢地用手電筒的光掃過水面，這次什麼都沒看見。

我僵在原地，小金撇下我，一步步朝池塘走去。

「喂，妳要做什麼？」

「又聽到了。」小金回頭看我。「妳聽，又有了，在那邊。」

小金指著我們視線前方，左邊的方向。

「水聲嗎？」

「不是，好像是說話聲。聽不太清楚，可是很像日語。」

我剛要拿手電筒往那裡照，連忙罷手。池塘沒有其他光源。換句話說，如果在說話的是人，那麼他們不是沒有帶照明工具，就是故意隱身在黑暗中說話。

「可能是附近的人。當地的不良少年之類。」

「不良少年的話，應該會更吵吧。聲音很小，斷斷續續的。」

「搞不好是強盜或是強暴犯。」

「在這種沒有半個人的地方？」

小金回頭向我招手。

「我們去看看嘛，搞不好是河童。」

小金輕鬆地說，語氣就像在邀我去散步，和平常沒有兩樣。一陣不安油然而生，不知爲何，我覺得不能讓小金過去。

「可以了，我們回去吧。」

我只說了這句話，便用力抓住小金的手腕，幾乎是拖著她離開池塘。後方傳來小金的抗議聲：

「等一下，很痛啦，放開我！」

我沒理會她的抗議，把遠離這個地點視爲第一要務，快步走向柵欄的破口。如果是眞的怪談，這個破口應該早就消失不見了，幸好並沒有變化。

「快點出去。」

「爲什麼？這不是個好機會嗎？搞不好是眞的靈異現象啊。」

「沒關係啦。反正今天晚上不行。」

「爲什麼？」

「拜託，聽我的就是了。」

面對我的懇求，小金不再反抗。看到她穿出鐵絲網後，我準備跟著出去，這時背後傳來巨大的聲響：

嘩啦——！嘩啦！

我沒有回頭，直接穿過破口。

從池塘返回旅館的路上，我們都沒有開口。小金或許生氣了。她可能是感到失望：說什麼要試驗會死人的詛咒，然而眞的遇上奇妙的現象，卻是這種反應？

我也覺得很不可思議。爲什麼我會那麼害怕？我不是沒有探訪過不乾淨的地點，次數也不下兩、三次。在那類地方聽到可疑聲響的經驗，更是多不勝數，但從來沒有像今晚這樣慌亂過。

抵達旅館時快十點了，不過大浴場還開著。我想再去泡一次澡。小金說累了，直接鑽進被窩裡，所以我自己一個人去洗掉汗水。

腦中已想好藉口。我的目的是釐清詛咒的眞實面貌，如果可以，就拿來利用。我並不希望小金輕易涉險，而且萬一被人類歹徒攻擊，就得不償失了。

可是，坦白說我心中仍一片混亂。

或許是聽到水聲的關係。那滿池的黑水，看起來就像那個時候的河水。沉澱在那片池底的水，感覺就像是殺死我父母的河水，於是我抓住小金的手腕。我不想讓她過去。

我在溫暖的浴槽中伸展手腳，漂浮似地仰望天花板。

難道我是不想讓小金死掉嗎？我隱約如此感覺，卻無法得出結論。

☙

明明昨晚才發生那種事，隔天早上兩個人卻都五點就醒了。我對小金說，今天取消釣魚吧。小金睡眼惺忪地盯著我看，聽懂今天不出門後，就繼續去睡回籠覺了。我打電話給昇，因爲我有事想要確認。鈴聲大概響了二十回，總算把他吵起來接電話了。

聽到他的回覆，接著瀏覽手上的資料，尋思片刻，不知不覺到了早餐時間。我把小金叫起來，前往餐廳。

早餐菜色是蛤蜊味噌湯、煎蛋、煎竹筴魚乾及醬煮海苔，十分溫馨。小金的心情好轉了。倒不如說，覺得她看起來不高興，或許是我多心了，要不然就是被害妄想。

「不釣魚了嗎？」她攪拌著納豆問。「還是，要去昨天的池塘釣魚？」

「不是，我覺得這個怪談的根源，搞不好根本不是魚。」

「不是魚的話，會是什麼？」

我把帶來的筆記本在桌上攤開，翻到空白頁。

「據我推測，這個怪談是沿著狗龍川，漸漸往下游移動。」這是以前我和松浦先生提到錢仙怪談的後續時，一直留在腦袋一隅的想法。「小金，妳從大叔那裡得知釣到就會害人死掉的魚的事，是什麼時候？」

「上個月。」

我在頁面最上方寫下「二〇二〇年七月，大叔」。

「然後，釜津的釣船船長聽到這件事，是在這半年內。」

我在下一行寫下「二〇二〇年二月左右，釜津灣」。

「然後，今天早上我向昇確認過，在河口釣到怪魚的事傳開來，好像是在去年秋天。」

雖然大清早五點被吵醒，昇的表現卻是可圈可點。我在下一行寫下「二〇一九年秋，狗龍川河口地區」。

「還有，那個河童的怪談。」

所以，我在最後一行寫下「二〇一九年春，八板町內」。當事人是在數年前的夏季遇到怪事，但表演這則怪談的人是在這個時期採訪得知。

這樣列出來一看，就不是單純有奇怪的魚棲息在某地了，而是怪談本身彷彿沿著河流，逐漸移動到海上。

「可是，那個叫什麼的寺院，不是流傳著江戶時代的怪魚傳說嗎？」

「這就是重點。」我指向小金說，儼然補習班天王名師。「那座寺院流傳的內容，只有寺院收到鯨魚的骨頭，將其命名爲『蓬萊魚』而已。我和昇讀過後，覺得內容相似的是部落格的文章。就是這個部落格。」

我朝小金亮出手機螢幕。

「妳看文章的日期。」

「去年的十二月二十三日。是天皇誕辰紀念日。」

「去年已不是天皇誕辰紀念日（註）。」

「那麼，這些內容是部落格的作者創作出來的嗎？」

「有可能是創作，也可能是另有和寺院流傳的蓬萊魚傳說混合而成的版本。」

如果坐船從狗龍川的河口到釜津灣，那座寺院剛好位在中間地點。所以，比起事件發生的時期，怪談誕生的時期或許更爲重要。我在剛才寫下的行間拉出箭頭，補上

「二〇一九年十二月，大安國寺（亞種？）」。如此便完成了一系列排序。

小金伸長脖子看著筆記本：

「從二月的釜津灣到七月的大叔，中間相隔很久呢。」

「來到釜津灣以後停止了，或者應該把大叔視為東京，怪談是在太平洋沿岸擴散……」

這一點也令人在意，但更教人在意的，是河川上游所在的方位。我打開買來的旅遊導覽書，在筆記本旁邊攤開狗龍川流域的地圖。早餐會場還有幾組住客在用餐，看到我們這樣子，一定會以為我們是在討論要去哪裡玩。

「狗龍川的源頭是長野縣的東神湖。從這裡一直流過長野縣南部，和幾條河川會合，在八板町入海。」

全長超過兩百公里，我們才剛來到入口而已。

「從河童的池塘到河口，花了半年移動對吧？假設速率相同，那麼從東神湖出發，是在約十五年前。」

不過，出海之後的速度更快，我不知道這樣計算是否正確。

註：平成時代的天皇誕辰紀念日為十二月二十三日，直至明仁天皇於二〇一九年退位。

「那個時期，湖附近出過什麼事嗎？」

「也不是沒有。有名的事件是，有一個長得跟某寫眞偶像明星一模一樣的女人引發連續縱火案。不過，每年都有許多犯罪和意外發生，也沒什麼好奇怪的。」

再說，花上十幾年在河川移動的怪談，形成這種狀況的原因會是什麼？我完全沒有頭緒。

如果無法直接找到原因，只能從下游逐一累積線索了。我已命令昇調查每一個在狗龍川流域採集到的怪談，整理成電子郵件傳給我。除此之外，我打算向認識的同業打聽消息。而且，我的假設不一定是對的。釣到就會害人死掉的魚的怪談，或許是受到河童怪談的影響才出現。果眞如此，同一時期在相近的地點出現怪談，反而是理所當然的事。

反過來說，若是陸續發現相似的怪談，而且沿著河流散布，那就相當可疑了。

「妳很興奮嗎？」

在筆記本塡上日期和地名的我肯定顯得雀躍萬分，小金才會這麼問。於是，我回答：

「對啊，興奮極了。這是我第一次遇到這麼匪夷所思的事。」

我從青少年時期就一直在追逐詛咒和作祟相關的事物。我見過許多自稱能通靈的人，也曾不停走訪所謂的靈異景點，可是沒有一次覺得「這次或許是眞的」。然而，這次不一樣，我覺得背後另有隱情。

「昨天晚上的池塘呢？」

小金表情不變地問。我猶豫著該怎麼回答。小金看起來不像在生氣，聽起來像是單純地發問，也像是在試探我。

「那到底是怎麼回事啊……」我說。

要怎麼解釋都行。那裡有池塘，自然會有水聲。水面上看似有東西，也可能是眼花看錯，否則就是眞的有魚或其他東西。遠處疑似傳來人聲，因爲周圍就是民宅，是那裡的話聲傳過來，這麼一想就能接受了。

可是，當時在那個地點，我感覺到某種無法如此單純解釋的事物。那是可疑的通靈者經常掛在嘴上的「氣場」、「靈感」之類，我實在不願親口說出來。

因此，我說了個無傷大雅的感想：

「只是有種怪怪的感覺，八成是心理作用啦。」

「是喔？」

小金的聲音聽起來像是漠不關心，也像是有所不滿。

☘

用完早餐，離開旅館後，我們前往町立圖書館。如果這個地區流傳著什麼怪談或民間故事，那裡或許會有線索。位於町公所旁邊的圖書館，從町的規模來看算是相當大的，鄉土資料也非常充實。

我在其中尋找出版年份較新的書。根據我不可靠的估算，怪談進入八板町，再怎麼早也是這兩、三年的事。然而，鄉土史區沒什麼新書，陳列的都是些年代悠久的書籍。更重要的是，怪談類連一本都沒有。

小金呢？我以目光梭巡她的蹤影，發現她在童書區讀《趺跤三人組和學校怪談》。看來她打算坐著好好讀完。

先來研究狗龍川的歷史好了。我這麼想著，在小金的斜對面坐下來，讀起從鄉土史的架上拿來的書。

「姊姊喜歡看書嗎？」

忽然傳來一道稚嫩的聲音，我望向小金，發現她旁邊坐著一個約小學低年級年紀的女生。小金原本在讀的書放在兩人之間，好像是不知不覺間一起讀起來了。

「嗯，我喜歡跌跤三人組。」

「妳喜歡哪一篇？」

「嗯……最喜歡開公司那篇吧。」

好老成的選擇。小女生似乎不知道那篇故事，又或者是不知道「公司」這個詞，當場愣住了。

「妳叫什麼名字？」

「我叫映美。」

「映美，妳喜歡哪一類的故事？」

「我喜歡可怕的故事。」

這意外的回答，引得我和小金忍不住對望。這或許是問出第一手證詞的好機會。我向小金使眼色，要她多問一點。

「這樣啊，映美喜歡妖怪的故事。」

「不是妖怪，是汪石頭。」

「汪石頭？」

映美調皮地笑著。小金以眼神向我徵詢意見，我連忙搖頭。我聽都沒聽過，腦中模糊地浮現小狗和石頭並排在一起的景象。

「那是怪物的名字嗎？」

「不是啦，看到汪石頭就會死掉。」

「映美。」

斜後方傳來呼喚聲，回頭望去，是一名三十多歲的婦人。從氣質來看，似乎是映美的母親。映美開心地站起來。

「媽媽，姊姊在念故事書給我聽。」

「啊，眞是不好意思。」

「不會，我喜歡小孩。」

我對著客套的小金送出更進一步的指示：問出「汪石頭」是什麼。

「欸，映美，下次再告訴我汪石頭的事喔。」

「啊，這孩子跟妳說了那個嗎？」

「映美好像很怕那個東西。」

「我才不怕。」

映美噘嘴抗議。

「可是，汪石頭是怪物吧？」

「才不是呢。」

映美否認，母親表情困窘地訂正：

「那不是汪石頭，是萬十堂。是我們家附近的傳統糕餅店。」

萬十堂——重複念十次，就會變成「汪石頭」嗎？

「啊，原來是賣甜饅頭（註）的店啊。現在還有營業嗎？」

「現在關掉了。然後，那裡傳出有些奇妙的傳聞……」

我察覺似乎要說起怪談的氛圍，便掏出名片。母親看到名片上「怪談師」三個字，微微蹙眉，但我微笑著帶過。採訪的時候，最重要的莫過於親切熱情。「她有出書喔。」小金爲我美言。

由於對方答應接受採訪，我們移動到圖書館入口附近的休息區。買了果汁給映美，她很開心。我們坐在她旁邊聆聽「萬十堂」的事。

「該從何說起才好？」

「首先請教一下您的大名。」

爲了表現出職業人士的派頭，我取出筆記本。實際上會用手機錄音，沒什麼必要筆記。

註：「萬十堂」店名中的「萬十」，即日文的「甜饅頭」之意。

「我姓北里。」

「和三郎同姓呢。」

「那是北島三郎。北里是柴三郎（註）。」

「……我可以繼續嗎？」

「抱歉，請繼續。」

我輕輕肘擊了小金一下。

北里女士說，萬十堂是一家老字號和菓子店，是她小時候就有的店。店鋪本身的生意算不上好，但老闆夫婦善於理財，不動產收入頗豐，和菓子店就像是開好玩的。

「有一年，他們把原本的木造店鋪整個拆除，改建成五層大樓。一樓是店面，二樓是住家，三樓到五樓出租。」

大樓還在，街坊鄰居都稱爲「萬十堂大樓」，或簡稱「萬十堂」。

老夫婦過著悠閒自在的生活，可惜無法抵抗歲月的摧殘。某天老闆生病過世了，老闆娘一個人無法繼續開店，只好把萬十堂關了。

「那是十四、五年前的事。以前的一樓店面變成酒行，又變成賣健康食品的店，或是水果直銷處等等，但不管做什麼都不長久。」

我覺得這是常有的事。地點不算好，租金卻過高，導致周轉不過來，又或者是因爲租金太便宜，漫無計畫地開店，結果失敗。

「簡而言之，就是……」

「也有人說是過世的老闆作祟。」北里女士稍微壓低聲音。「當然，我是不信這種說法的。」

「作祟嗎？可是，只是店開不下去而已，並不稀奇吧？」

「不，不只是這樣。」

「難道出過什麼事嗎？」

「有人死了。是自殺。」

我從筆記本上抬起頭，望向北里女士。她沒有享受講述怪談的樣子，卻也不是眞心害怕的感覺。

「您是指同一棟大樓有人過世？」

「是的，樓上的房客過世了。」

「是三樓到五樓當中的——」

---

註：北島三郎是日本知名演歌歌手，北里柴三郎則是有「日本近代醫學之父」美譽的醫學家。

「全部。」

「媽媽！欸，媽媽！」映美喊著，好像是喝完果汁，覺得無聊了。「我們再去那裡看跌跤三人組吧。」小金牽著她的手離開。

「每一樓都有人自殺。這很不尋常，對吧？」

「……唔，是啊。」

到了這種地步，我反倒佩服居然沒把大樓拆了。就算不相信詛咒或作祟，但這不是很讓人毛骨悚然嗎？

「然後，我有個朋友以前住在那裡，說從陽台看得到河川。」

「河川」這個關鍵字引起了我的注意：

「難道是狗龍川？」

「對啊。」

北里女士的口氣彷彿在說「這有什麼好問的」。對這個町的居民來說，河川指的當然就是狗龍川。

「因爲有堤防，一、二樓看不到河，只有三樓以上看得到堤防另一邊的河。我那個朋友說，每天看著河，有時候會發現奇怪的東西。」

「奇怪的東西？」

「乍看之下很像人。只露出腰部以上，沒有特別做什麼，只是一動不動地站在河裡，所以朋友說那不是人。可是，不是人的話，那又是什麼？」是「那個」。

「朋友說，看著看著，會覺得那東西在說話，但不曉得在說什麼。而且因爲很可怕，朋友假裝沒聽見。」

「難道聽到聲音的人，會當場自殺……？」

我不經意地低喃，北里女士「哇！」了一聲，雙手掩住嘴巴：

「不愧是職業人士，好會編怪談。」

呃，從一開始這就是怪談吧？——我按捺想這麼說的衝動，問出萬十堂大樓的地點。用手機地圖應用程式確認位置，在靠近八板町北郊的地方，從河童池來看，也是相當上游的地方。

「您是什麼時候從朋友那裡聽到這件事的？」

「大樓的事，很久以前就有人在傳了……最近的話，大概是去年過年的時候吧。地區的兒童會有搗年糕活動，我在活動上遇到很久沒見的那個朋友。」

那麼，比據說是去年春天聽到的池塘河童的怪談時間更早。

「現在那裡應該沒有人住了吧？」

「嗯，樓上是沒有了……」

這個說法令人介意。看來，樓下的人並不在乎。

「以前開店的老闆娘呢？」

「哦，她還住在那裡，身體好像滿健朗的。」

❧

後來小金帶著映美回來了，我們向北里母女道謝並道別。我早就隱約看出，母親其實相當熱愛怪談，她說如果我出書，一定會買，請我通知她一聲。我難得向人保證，到時候會致贈一本。

到了下午，我和小金立刻出發去萬十堂大樓。萬十堂這家店早就關掉了，所以我們迷路許久，沿著河邊走來走去，最後終於找到了。外觀是一棟普通的五層樓建築，雖然老舊，但相當乾淨。只是三樓以上的信箱全都封了起來，這部分就如同聽說的。一樓沒有任何店家營業，僅有二樓掛出門牌，上面的姓氏應該就是大樓的主人，萬十堂的前老闆娘。

繞到大樓後方，土地境界確實緊鄰提防。從相關位置來看，從三樓陽台開始，就勉強看得到河面。

「這類怪談有三個共同特徵。」

我開口，小金默默等待下文。除了釣到就會害人死掉的魚的怪談以外，還多了其他的怪談，因此可以篩選出共通點了。

第一點，狗龍川或是與狗龍川相連的水域中出現某些東西。攻擊和尚的怪魚、池塘的河童、從萬十堂大樓看到的神祕人影，都出現在水中。

第二點，出現的東西會說話。這也是所有怪談中都有的。說了什麼不清楚，這一點也一樣。同時，這一點與最後的特徵有關。

第三點，聽出說了什麼的人，很快就會死掉。

我和小金從堤防走下河岸，眺望風景片刻。河面寬闊，水流寧靜，不像是一條被詛咒的河。不過，我並沒有看過真的被詛咒的河，不曉得究竟該長什麼樣子。

「這也是恐怖故事的公式。」

我朝河面丟著石頭說道。我想打水漂，但從來沒有成功過。

「什麼公式？」

接著換小金半蹲下來，架勢十足地擲出石頭。石頭在水面跳了四、五下，沉入河裡。我輕輕拍手。

「往昔河川上游發生過淒慘的事故，死去的人的怨念留在河裡，類似這樣的情節。」

我想到的是我的父母。從未聽說那條河後來發生過任何可怕的事。不，正確地說，是我避免去打聽。

只有一次，我看到父母的意外事故被拿來當成怪談的段子。我在某個知名的影音網站觀看怪談活動的錄影，在相關影片清單裡發現熟悉的地名。「遺留在淒慘車禍現場的夫妻怨念」這類文字，和我老家所在的町名一起成了影片標題。明明別看就好了，我卻把影片點開來。

自稱怪談師的年輕男子出現在畫面中。他先聲明接下來要說的內容來自眞實發生的車禍，得意洋洋地描述，我的父母變成泡爛的溺水屍體模樣，現身驚嚇附近的孩童，因爲他們無法原諒只有女兒一個人苟活下來。聽著聽著，我怒不可遏，看到一半就關掉瀏覽器了。

我明白這樣生氣是沒有道理的。身爲同業，我也總是在做類似的行徑。挖掘過去的事件，或是他人的悲劇，加油添醋說得活靈活現，這就是我們的生意手法。然而，我的內心無法原諒。即使是現在，一旦回想起來，就不禁怒火中燒。

實際上我也眞的怒火中燒，於是又擲出一顆石頭。石頭擊中卡在河中央的流木，猛地反彈回來。為了避免流露感情，我說起別的話題。

「怪談不是大部分都有死人出現嗎？死於非命的可憐人變成冤魂出現，詛咒或騷擾活人。」

「嗯。」

「到底是有多厲害啦——妳不會這麼覺得嗎？」

「不都是這樣嗎？」

「可是，如果人類有這麼強的力量，怎麼不在活著的時候發揮呢？與其遭到霸凌自殺變鬼嚇人，不如用那股力量擊退對方，就不必自殺了啊。我會這麼想。」

「……就是說啊。」

小金接著又擲出石頭。這次不曉得為什麼，一次都沒有彈起來。

「那麼，在上游找到什麼，妳才會滿意？」小金問。「如果不是單純死於非命的可憐人的話。」

「我想想，我喜歡神明類的。水壩的底部沉有一座神社，那裡曾舉行駭人聽聞的奇異祭典。」

「會戴上詭異的面具？」

「會會會。」

我和小金笑了一陣。而後小金教我打水漂的訣竅，我成功了一次，心滿意足地踏上歸途。

回到旅館，檢查電子信箱，昇寄來幾封有附檔的郵件。

他似乎從自己的資料庫裡，找出所有以狗龍川一帶爲舞台的怪談寄給我。我也有自己的資料庫，兩者相加起來，數量相當龐大。有一些應該重複了，而且也包括和水域及魚無關的怪談，所以只能一一檢視。

我把昇寄來的檔案傳送到平板電腦，然後把整個平板交給小金。只要有剛才列出的三個特徵，和這次事件相關的可能性就很高。再加上已知這裡的怪談都發生在狗龍川流域，接下來只需要尋找「河裡」或「水中」之類的關鍵字就行了。

剛開始調查沒多久，我就找到一則了。是以前支持者寄給我的怪談，記得我寫成稿子，提供給實話怪談作品集了。不過現在重讀，才發現地點就在狗龍川附近。

這是在小學流傳的怪談。那所學校後面有條河，從以前就經常有車子或行人掉進河裡，聽說也有人因此喪命。前年與河川相鄰的道路拓寬時，以上方覆蓋柏油路面的形式，將那條河完全蓋起來了。學童之間都在傳，只要把耳朵貼在路面，就會聽見應該有河流過的地下水路響起人聲。

水、人聲、死亡事故，三要素齊全。小學的校名是釜津市立眞瀨小學。我打開地圖進行調查，發現狗龍川也是釜津市與八板町的一部分境界，那個地點是位於釜津市這一邊的學校。據說已變成暗渠的那條河，也在某處與狗龍川相連吧。如果引發流言的原因是前年的工程，那麼時期上也沒有矛盾。從小學所在的地點看出去，河的對岸，八板町那一側就是那棟萬十堂大樓。從位置來看，這邊略爲上游。

馬上就找到一則，感覺是好兆頭，但接下來又繼續看了一小時，卻什麼收穫也沒有。由於無法預測這三個要素被如何講述，作出判斷比想像中耗時。我稍微休息一下，開始撰寫電子郵件。您是否曾在狗龍川周邊採訪到水中有奇妙的東西出現，說了某些話，聽到的人會死掉之類的怪談呢？我把這樣的信件再次傳給業界認識的人，包括昇在內。

送出信件沒多久，其中一人就打電話來了。

「喂，我是吉澤。」

「啊，謝謝吉澤先生平日的照顧。」

傑基吉澤原本是一名恐怖影片的導演，如今則是在活動上講述怪談，或擔任網路恐怖節目的企劃或導演。他提過當初是嚮往報導工作而立志進入影視圈，確實如他所說，他的強項是前往地方採訪及蒐集資訊。有個都市傳說是，他以前自稱恰吉吉澤，但因版權問題改了名。

「妳還在追狗龍川的怪談啊？」

其實告訴我八板町的河童怪談的，也是吉澤先生。當時我和松浦先生道別後，立刻折回會場，抓住正要回去的吉澤先生，向他打聽河童池的詳細地點。後來我沒多加說明就回去了，他約莫以為我只是出於興趣在蒐集狗龍川一帶的怪談。

「不好意思，麻煩你這麼多次，要是你能提供協助，那就太棒了。」

「別那麼客氣啦，反正那裡是我故鄉。」

「原來是這樣啊。」

「我沒跟妳說過嗎？我是在比八板町更北邊的平迫村出生的。經過合併，現在變成釜津市平迫了。」

「那裡也面對狗龍川嗎？」

「豈止是面對，村人就住在狗龍川流過山地形成的溪谷啊。小時候我天天在河裡游泳。那裡是鄉下，國中生也不穿泳衣，渾身光溜溜地下水。附近有個跟我很要好的大姊姊……」

「呃，吉澤先生的青澀體驗就不必了。」

「亞歷山德羅．莫莫主演的電影（註）對吧？」

我沒理會他的閒扯，繼續聽下去。他有相當多關於狗龍川的怪談庫存，也有幾個感覺符合我列出的條件。

但他說不能透過電話或電子郵件告訴我。

「這涉及我跟採訪對象的信賴關係，沒辦法隨便告訴別人。」

「我明白。抱歉，這麼強人所難。」

「不會、不會。妳現下在八板町吧？」

「對，我想在這裡住幾天。」

「那正好，我大概明天就會過去。」

「咦？」

「上次匆匆忙忙道別，沒能一起慶功，而且我也想久違地跟妳好好喝一場。」

吉澤先生說，他在老家所在的釜津市有「遺產整理之類」的事情要辦，原本就預定最近要過來。他想順便跟我見面，告訴我幾個手邊蒐集到的怪談。對我來說，這實在是求之不得。

道謝之後，我掛了電話。小金出聲叫我，說是又找到了一則。

那則怪談的開頭是「這是縣道沿線某家飯店發生的事」。乍看之下和狗龍川似乎

註：指亞歷山德羅・莫莫（Alessandro Momo）主演的義大利電影《青澀體驗》（Malizia）。

無關，但小金查了一下地圖，發現那條縣道就沿著狗龍川走。

有一名男子下榻飯店。

他想要洗澡，轉開浴室水龍頭卻沒有熱水，連冷水都出不來。男子生氣地打電話到櫃檯抗議，接電話的是年輕的男員工。男員工的聲音有氣無力，給了「等一下就會有了吧」之類的回覆。男子無法接受，但姑且照著員工說的等待。

等了好半晌，水龍頭發出咕波咕波的聲響。修好了嗎？男子轉動水龍頭，猛地噴出微帶渾濁的水。男子連忙關掉水龍頭，水卻噴個不停。他又打電話到櫃檯抗議。

接電話的是剛才的聲音。對方可能已習慣被客訴，即使男子怒罵，態度也吊兒郎當，沒認眞當回事。最後男子罵累了，甩上電話。

水完全沒有要停住的樣子。排水口好像堵住了，髒水不斷地在浴缸裡累積，看了很不舒服。這樣繼續流下去，感覺水會滿出來。再打電話到櫃檯嗎？還是直接去櫃檯罵人？男子猶豫不決，看著水位徐徐上升。

忽地，混濁的水中有東西動了。

男子探頭看浴缸。仔細一瞧，水中有幾個像黑影的東西漂浮著。是從水龍頭跑出來的垃圾之類的嗎？男子疑惑地看著，黑影漸漸聚集到一處，蠕動著形成宛如墨跡試驗般的形狀。很快地，它變得就像一張人臉，男子暗自詫異，這時房間裡的電話響了。

突如其來的電話鈴聲把男子嚇了一跳，他衝出浴室。一定是櫃檯那邊打來的。男子這麼想著，拿起話筒，傳來的卻是咕波咕波的水聲，以及那名有氣無力的員工要笑不笑的說話聲。這些聲音混合在一起傳了出來。

而且不知爲何，剛才在電話裡聽起來很正常的員工聲音，這時卻像是快轉的錄音帶，完全聽不懂在說什麼。男子用力把話筒貼在耳朵上，努力想要聽清楚。

倏地，浴室傳來一道「潑嘩」的水聲，彷彿泡在浴缸裡的某人猛然起身走出浴缸。

男子回頭一看，發現浴室的門開了一條縫。他強烈地感到有東西站在門內。就是剛剛從浴缸裡爬出來的東西。

它就要從門縫慢慢地伸出頭。

男子發出尖叫，抄起行李火速衝出客房，直接下樓到櫃檯。

他把房間裡發生的怪事告訴櫃檯人員，對方似乎瞭然於心，點了點頭，二話不說，立刻爲他安排其他客房。新的客房沒有任何異狀，但男子嚇壞了，這天晚上幾乎無法安眠。

然後，飯店櫃檯聲稱在此之前沒有接到男子從客房打來的客訴電話。接聽男子電話的那名疑似員工的人到底是誰，終究無人知曉。

讀完之後，我納悶地偏頭說：

「這篇故事裡沒出現啊。雖然有出現水……」

飯店確實位在狗龍川附近。原本我以為與這件事有關的異象，發生的必要條件是河水以某種形式流過，但搞不好並非如此。只要是狗龍川周邊用到水的區域，不管哪裡都行。

「這樣的話，感覺有點隨便。」

「嗯……」

如果說怪談本來就不嚴謹，那也只能接受了，但這麼一來，我提出的假設「河流帶來類似靈障的事物」就變得不太牢靠了。

我查了一下怪談發生的地點，是在釜津市平迫。那是傑基吉澤故鄉的村子。見到本人再問他吧，我心想。

後來，昇在深夜時分又寄了一份怪談清單給我。我迅速瀏覽了一下，似乎是挑出符合我追加的三個條件的怪談，重新整理過的清單。爲了感謝他，早上一起床我就打電話過去。

✤

「然後啊，今天吉澤先生要過來這裡。」

「妳說的吉澤，是傑基吉澤嗎？」

昇的聲音聽起來很驚訝。

「怎麼了嗎？」

「沒事。這麼一提，印象中聽說過他是那一帶的人。」

「嗯，他好像是釜津市人。所以，他說要告訴我一些關於狗龍川的怪談。」

「其實我傳給妳的怪談，有一些是從吉澤先生那裡聽來的。因爲時間來不及，我沒有把每一則的出處都列上去。」

「哦，這樣啊。」

昨天小金找出來，我們一起讀的飯店怪談就是其中之一嗎？我暗想。

「不必特地去那裡，用電子郵件傳個內容概要之類的給妳就好了嘛。」

「我也這麼想，可是這好像是他的一種堅持。用文字無法傳達怪談的細節，他想要當面親口告訴我。」

「是喔？第一次聽說。我從以前就常聽他的怪談，還以為他不是要求這麼高的類型。」

「對觀眾總免不了奉承，所以看起來比較輕浮吧。這種人很常見啊。」

接下來，我和昇稍微討論了一下往後的安排。我和小金都不會開車，要繼續追溯到狗龍川上游，實在力有未逮。松浦先生感覺很忙，要是昇能幫忙就太好了——我表達這樣的願望。昇說在研究所研究室的案子意外地交到別人手中了，下次有機會可以同行。我再度道謝，掛了電話。我實在欠昇太多了。

我和昇會認識，也是因爲怪談。他來參加某場活動的慶功宴，被介紹爲精通怪談的大學生。我提到在蒐集有人死掉的怪談，他當場說了幾個給我聽。由於都是我沒聽過的內容，我便把聯絡方式告訴他，希望晚點能向他請教詳情。

昇和我一樣，在蒐集有人死掉的怪談。他不相信有鬼魂，但認爲可能有某些會奪走人命的詛咒或作祟。我們都不擅長說自己的事，卻很擅長講述非現實的事，相處起來十分輕鬆。這樣的對象，不適合當男女朋友。

所以明明分手了，他依然對我很好。我從以前就知道他是個好人，但要是遇到與怪談相關的事，他會更積極爲我調查。如果沒有遇到小金，或許我會拿昇當白老鼠，來實現自己的目的。

實際上，我跟他提過這樣的計畫。那天，我向他坦白是爲了復仇才蒐集怪談。昇一臉嚴肅地聽完，接著說：

「簡而言之，妳是想要說服自己。」

「說服自己？」

「也就是要用怎樣的世界觀活下去？因爲妳無法決定到底該不該繼續憎恨那個人，才會希望有別的事物代替妳制裁他。」

「有道理……如果是你，會怎麼做？」

「一樣啊。我會先確認，他是不是真的該憎恨的對象。」

現在我覺得昇說的大致上都是對的。

總之，跟昇那邊談好了，這天我和小金一起繼續檢查剩下的怪談。檢查到一半，小金從旅館的娛樂室搬來黑白棋和將棋，但跟我對奕，根本玩不起來，她一下子就膩了。不是我自誇，所有冠上「遊戲」兩個字的活動我都很不拿手，連抽鬼牌也不會玩。

到了下午，吉澤先生打電話來。他去釜津市處理完正事了。

「我打算預約車站前的餐廳，妳方便過來嗎？」

「好的，我過去。」

「太好了。帶妳去我最喜歡的餐廳，妳要盛裝出席喔。」

傍晚，我拜託小金在旅館留守，準備出門。然而，小金卻說如果我要去釜津，她也要一起去，因爲她想去站前買一下東西。確實，釜津站周圍有幾家百貨公司和大型超市，但八板町這裡沒什麼可以逛街購物的場所。我沒理由拒絕，於是我們把鑰匙交給旅館櫃檯，一起出門了。

也不是因爲吉澤先生交代的關係，但我換上塞進行李箱深處的正式場合用的襯衫和傘裙。小金則是穿著平常那件髒兮兮的夾克，手插在口袋裡，像個孩子般看著電車窗外。

「妳要買什麼？」

「枕頭、化妝水，還有數獨的書。」

這個組合好像實境逃脫遊戲中的解謎道具包。

「因爲我沒辦法陪妳打發時間？」

「嗯。」

小金毫不猶豫地回答。不過今天一整天在旁邊看著，也知道小金很無聊，所以我沒說什麼。住在這裡的期間，如果遇上晴朗的好天氣，先把怪談放一邊，和小金一起去釣個魚好了，我暗暗想著。

由於前些日子和昇一起來過釜津站，我馬上就知道吉澤先生指定碰面的噴水池在哪裡了。走近一看，有個明顯是業界人士、戴著獵帽的中年男子，舉起一手向我打招呼。是吉澤先生。我也輕輕頷首。

這時，小金突然拉扯我的裙襬說：

「我先走了。」

「這樣嗎？」

我原本想說機會難得，打算把吉澤先生介紹給她，但也不是非介紹不可。

「那麼，八點在驗票口那裡集合。」

我應道，小金點點頭，便往車站大樓走去。雖然覺得有些唐突，但小金或許就是這種作風。我沒放在心上，向吉澤先生打招呼。

「那個女生是妳的朋友？」

他看著走進百貨公司門口的小金背影問。

「我沒說過嗎？是我的室友。」

「妳們兩個女生住在一起嗎？」

「對。」

「是喔……」吉澤先生別有深意地回道。我有些疑惑，不過沒有說什麼。我明白我和小金的關係很不尋常，也不希望被別人不必要地刺探。

「好，我們走吧。」

他說著邁出腳步。

釜津站後方是一條觀光地風格的復古餐飲街，吉澤先生的愛店是其中一家酒吧。店內並排著橡木桶，氛圍相當都會，在這個小鎮顯得有些格格不入。

「這家店很不錯吧？」

「感覺好像來到澀谷還是六本木。」

「老闆本來在東京的酒吧當酒保，我是那時候認識老闆的。」

我和吉澤先生在吧台並肩坐下。店員靠過來，吉澤先生開口點酒。

「兩杯茅香伏特加（Zubrowka）加蘇打。」接著，他瞄了我一眼問：「妳可以吧？」

「唔，嗯。」

我希望快點進入正題。

吉澤先生喝著伏特加，心情很好，聊起最近的工作和業界相關的話題。喝完續杯，他似乎終於想起今晚見面的目的。只見他已醉得滿臉通紅。

他從肩背包裡取出尺寸約十乘十七公分的筆記本。看上去似乎經常使用，夾在裡面的資料和便條紙，讓筆記本的厚度多了一倍。

「這是我的靈感筆記之一——調查釜津和八板時使用的。」

簡而言之，他會根據不同的地區，製作採訪筆記。

「妳說的是狗龍川的怪談，對吧？」

「是的。如果有比八板町更上游的怪談，就再好不過了。」

「這個怎麼樣？商務飯店的浴室有怪東西出現的怪談。」

「啊，這個我知道。」

「咦？」吉澤先生有些不滿地用鼻子哼氣。「這應該是我親自採訪到的獨家怪談……」

「我是從經常參加吉澤先生的怪談活動的朋友那裡聽說的。您應該認識吧？他叫西賀昇。」

「哦，那小子啊。記得他也會舉辦怪談活動之類的？」

「是嗎？」

我第一次聽說。是認識我以前的事嗎？

「我也受邀過幾次。哦，他很健談，續攤的時候……」

「那麼，吉澤先生對這則怪談有什麼看法？」

我打斷了話頭。雖然也想知道昇意外的一面，但現在不是聊那些的時候。

「嗯，對，這件事是眞的。我親自去這家飯店的同一間客房住過。」

「然後呢？」

「什麼事都沒發生。不過我強烈地感覺到……那是叫瘴氣嗎？總之，那裡充滿非比尋常的氣息。」

頂著酡紅的臉激動地這麼說，實在沒什麼可信度。我提出心中的疑問：

「從水龍頭冒出的髒水是什麼呢？感覺不像自來水。」

「噢，眞敏銳。不愧是丹野小姐，能注意到這個關鍵。」

吉澤先生說著，不知爲何，伸手拍了拍我的背。我不著痕跡地用手肘頂開他的手，催促他往下說。

「平常表演的時候都會隱去怪談發生的地點，所以不會特別解釋，但那家飯店其實分成舊館和新館。這個怪談是發生在舊館，那裡用的不是自來水，而是抽取地下水。」

「眞的嗎？」

有點難以置信，衛生方面恐怕會有問題。

「廚房和餐廳都在新館，新館用的是自來水。我住宿的時候，客房貼有警告標語『請勿飲用浴室的水』。」

「可是，飯店就建在河的附近吧？那麼，河水也可能滲入地下……」

「唔，不無可能。所以我不建議去住宿。」

「那是什麼時候的事？」

「我大概是四年前聽到傳聞。隔年去住宿，在那裡聽到很多事。」

也就是三年前，約二〇一七年流傳的怪談。考慮到從八板町到那裡的距離，移動速度變慢了些。

「不過，妳居然會想要蒐集狗龍川的怪談，實在是很有意思的點子。我是當地人，卻完全沒有這樣的想法。而且數目有那麼多嗎？」

「哦？」我十分意外。「那麼，這一帶不是自古以來就有很多怪談的地方嘍？」

「不是不是，大概是這十年怪談才多了起來。在那之前有過一次靈異景點熱潮，外縣市的人在網路上相約，聚集在廢墟、隧道之類的地方搗亂。約莫是從那個時期開始的。」

吉澤先生說，二〇〇〇年代，網路上十分流行這樣的惡搞行動。那群人會列出真實存在的場所或地名，在網路上散播在那些地方的可怕遭遇，宣稱很危險不要靠近之類的。當然完全是虛構的，但不小心當眞的人，或是想要加入「網路盛會」的人，就會跑去當地，然後又把經歷發表在網路上。

「我也是做這一行的，沒資格道貌岸然地說什麼，不過實在是給當地居民製造麻煩。」

「就是啊。」

「三咲，妳也要小心。我強調過不止一次，怪談這玩意，說得粗暴一點，就是用無憑無據的內容撩撥妄想，引人興奮的遊戲，對吧？對於沒有倫理觀念的人來說，形同是在販毒給他們。」

「是的，我會銘記在心。」

吉澤先生點著伏特加續杯，突然訓起話來，看來似乎已瀕臨他的酒量極限。最後，我提出最爲在意的一點：

「吉澤先生有沒有遇過，許多怪談逐漸串連在一起的情形呢？明明應該沒有直接的關聯，相同主題的怪談卻逐漸在不同的地點出現。」

「有啊、有啊，經常有。」

他幾乎把臉貼在吧台上，睏倦地回答。

「這麼多嗎？」我沒料到會聽到「經常有」這樣的答案。「原因是什麼呢？」

「原因就在我們身上啊。是偏誤啦。」

「偏誤？」

「心中先有構圖，再去拍照，就只會拍出期望中的照片。這種時候，會變成我們去配合心裡想要的。」

簡而言之，他似乎是想要表達那只是我的成見。並非有奇妙地相似的怪談，而是我無意識地在尋找相似的怪談。即使是乍看之下毫無關聯的怪談，只要條列出共通點，看起來就會很像，是這種常有的錯覺。

這是最有可能的答案。若是平常的我，首先就會想到這種可能性。正因聽到的就是這樣的答案，我的心情十分複雜。

之後，吉澤先生又小口啜著伏特加，沒完沒了地發牢騷。我奉陪了約一個小時，便扶著醉倒的吉澤先生離開店裡。

「你還好嗎？要走嘍。」

「嗚……」

我朝著應該是車站所在的方向走去。老實說，我自己也喝得相當醉了。

「啊，在那邊右轉。」

「咦，這邊嗎？」

我反射性地轉彎，那是一條陰暗的巷弄，完全沒有店家，昏黃老舊的路燈是唯一的照明。走到那條巷弄的中段左右時，我問：

「真的是這條路嗎？」

「對對對，要去續攤。」

「你是開玩笑的吧？」

我不禁傻眼。吉澤先生已喝得爛醉，而且我跟小金約好要在驗票口會合。

「不行啦，朋友在等我。」

可是，吉澤先生不依不饒地搖頭：

「有什麼關係，叫眞帆也來嘛。我們三個一起享樂。」

「什麼眞帆，到底是跟哪裡的小姐搞混了？」

「不是，那個女生就是眞帆。我認識她。我以前常去她的店。」

「咦咦？」

你眞的喝多了啦——我正要這麼說，他卻抓住我的手臂。這突來的舉動令我一陣錯愕，雙腳打結了。我就這樣倚靠到牆上，吉澤先生朝我壓了上來。

「等一下，請不要這樣。」

「別這麼小氣嘛。」

吉澤在我的臉旁呢喃。濕熱的氣息噴到臉上，我的喉嚨頓時緊縮起來。

「三咲，妳不是小孩子，差不多該學會大人的事了。」

怎麼辦？明知應該大聲呼救，我卻發不出聲音。事發突然，我完全沒有心理準備。酒精害腦袋一片迷茫，感覺得到冷汗正沿著背脊流下。

「真帆就肯讓我親嘴。妳也不是第一次吧？」

嘴唇逼近上來。我不要。非逃不可。可是下半身被對方的大腿夾住，動彈不得。對方的身體壓了上來。汗味。好想吐。我別開臉，閉上眼睛。

下一秒，我聽見一聲慘叫：「好痛！」同時吉澤的身體離開了我。

我提心吊膽地睜開眼睛，只見吉澤按著頭，當場蹲了下去。有人站在那裡。那個人把手中的空瓶狠狠地朝著吉澤的背甩過去，接著轉向我。

是小金。

「怎麼會……怎麼會？」

「三咲，妳太慢了。現在都八點半了。」

吉澤發出呻吟，慢慢爬起來。小金一發現，又賞了他一記飛踢，接著撿起剛才丟過去的瓶子，就要往吉澤的後腦勺砸，我不由得制止：

「小金，好了啦。」

「一點都不好，這傢伙居然對妳做那種事。」

「再打下去，妳會被警察抓的。」

「松浦先生會讓我無罪吧？」

律師可不是那麼方便的職業。

「我沒事了，我們回去吧。好不好？」

我勸道，小金百般不願地丟下空瓶。我拉著她的手逃離現場，心臟怦怦跳個不停，幾乎發痛。

穿過商店街，看到車站之前，我們一直手牽著手。小金什麼都沒說，所以我兀自說個不停，彷彿要壓抑內心的動搖。

「當初他打電話來的時候，我就覺得有點奇怪，還突然聊起桃色電影。的確啦，一開始是我提的，不過就算是這樣——」

小金依然沉默著。

「啊，真是嚇死我了，沒想到會有人做出這種事……這個業界確實比較偏地下文化，要是查一下背景，也有些人跟黑道有關係，可是這未免太……」

「對不起。」

來到我們早先道別的站前噴水池旁邊時，小金放開我的手，說道。怎麼會是小金道歉？我不禁納悶。明明是我害她擔心的。

「我認識那個人，也知道他是會做出那種事的人，卻沒有告訴妳。」

「我不懂，小金，這是什麼意思？」

「他說我叫眞帆，對吧？那是我的名字。在夜總會上班用的花名。」

小金把認識我不久前的經歷告訴了我。有段時期，她在新宿當夜總會小姐，跟以客人身分去消費的吉澤見過好幾次。

「所以是我害的。」

「等一下，爲什麼……妳可以跟我說啊。」

「我很害怕。我隱瞞了很多事。我沒有告訴妳的事多到數不清。其實，還有更嚇人的……」

「這……」

我不能說「我不在意」。事實上，我也還沒有向小金坦白重要的事。我的父母死於車禍，只有我一個人僥倖活下來，我希望他們變成鬼魂現身，卻從來沒有等到過，還有我找到眞的能害死人的怪談以後想要做什麼。

全是祕密。我連小金的本名都不知道，小金對我也全是謊言。但我們都不在乎，因爲我們純粹地樂在其中。就跟怪談一樣。沉浸在危險又恐怖的感受裡，一起嬉鬧，享受那種毛骨悚然。這就是我和小金的生活。

「不能再這樣下去了。」我說。

「咦？」

「不能再繼續了。詛咒和作祟，不管存不存在都無所謂。」

「妳生氣了？」小金一臉正經，「因爲我沒有保護妳……」

我覺得她這樣說很奇怪。明明她一點過錯都沒有。

「不是的。妳把我救出了險境，可是如果哪一天妳遇到可怕的事，我沒辦法保護妳。」

因爲我完全不瞭解小金。因爲我不知道小金是從哪裡來的、想要做什麼。

「我不會有事的。而且我可以自己想辦法。」

「妳沒辦法的。」

「我可以！」

周圍的行人同時轉向我們。人潮停頓了一下，隨即恢復流動。車站建築物另一頭傳來發車鈴聲。

「三咲，妳不用擔心。我跟妳這一年來都處得很好啊，往後一定也能順利。」

「可是——」

所謂的順利，就是有一天找到眞正的靈障，小金因此死去。然而，這眞的是我想做的事嗎？

我一直懷抱著有些足不點地的感受活到今天。只有在追逐怪談的時候，我可以忘記父母、車禍的痛苦，以及自身內在的痛楚。可是，爲什麼呢？不管別人怎麼說，我從來都不在乎，此刻我卻在質疑自己，覺得這樣下去不行。

淚水止不住地流。

或許，我正在爲一路走來的人生感到後悔。

☘

「那麼，」松浦先生夾雜著哈欠說：「我要扮演哪個角色才好？」

蒼白的晨光下，狗龍川無聲無息，彷彿仍在沉睡。我將手機貼近耳朵，走在堤防上。明明也不是要去哪裡，卻非往前走不可。

「哪個角色？」

「我是該贊同妳說的對，還是該阻止妳才好？」

我咬住嘴唇，「幹麼這樣說……」

「每次見面，我都勸妳差不多該放下了，妳從來沒聽進去過。」

「那我反過來問你，有什麼事情是你跟我說，然後我照做的嗎？」

我頂回去，松浦先生刻意停頓了老半天，才回答：

「沒有耶，真奇妙。」

父母過世一陣子後，我第一次見到松浦先生。

當時，剛進入大型律師事務所任職的菜鳥律師松浦先生，在忙碌工作之餘，為了累積經驗，一有機會就去法院旁聽審判。其中包括奪走我父母生命的那名男子的審判。

松浦先生說，他觀看審判經過，做筆記的時候，腦中想到的是我的事。頓失怙恃的女孩，法律恐怕無法平復她的傷痛。忘了是什麼時候，醉後的松浦先生說他一直牽掛著這個女孩，如鯁在喉。

松浦先生為了見我一面，尋找可以幫忙牽線的人。碰巧我的舅舅和松浦先生是高中校友，而且都是棒球隊的成員，於是松浦先生來見我了。

一名年輕誠懇的律師，為了陌生人的死而心痛，帶著一個大布偶和蛋糕，上門安慰被遺留下來的小孤女。女孩感動流淚，臨別之際還親吻了他的臉頰。

——當然沒有變成這樣的發展。

「我眞是氣壞了。妳一見到我就大罵『滾回去』，甚至拿蛋糕扔我。」

「你還在氣這件事？」

「沒有，那不管怎麼想都是我不對。」

那個時期，對於旁人那些彷彿順手之勞、大剌剌地拋過來的憐憫與同情實在受夠了。松浦先生的拜訪，在我看來只是多了一個這種傢伙罷了。

儘管我們的初次見面糟糕到不行，松浦先生卻不屈不饒地持續來訪。

「那是在賭一口氣。我千方百計地拜託學長，表示無論如何都想去看看妳，怎麼能因爲妳的反應跟想像中不一樣，就說『那還是算了』？」

起初，我把松浦先生當空氣。一陣子以後，我漸漸覺得「跟他聊聊也可以」，但一開始對他太冷酷，不好一下子就嬉皮笑臉親近。我們大概就這樣互相逞強了約半年。

那是夏季盂蘭盆節的時期。松浦先生帶著西瓜當伴手禮來訪，我們一起吃午餐。我不理吃麵線的他，一直盯著電視，剛好播起靈異特別節目。松浦先生發現我看得全神貫注，開口攀談：

「原來妳也相信幽靈之類的啊。」

這句話引發了激烈的論戰。我是否定派，松浦先生是肯定派。松浦先生說，自古就有許多幽靈的傳說，所以世上一定有幽靈。我說純靈體的存在能夠影響物質，這根本違反科學法則。爭辯得太激動，我還哭了起來，抽噎不止，最後被舅媽抱著退場。

此後，我和松浦先生終於能正常交談了。或許我是覺得松浦先生眞心相信世上有幽靈，跟他聊詛咒或作祟之類的事也沒關係。調查過去的案子和意外事故之類的麻煩事，我會請他幫忙。學校和朋友的事，我會向他傾吐。畢業以後，工作上的事，還有涉及法律的事會向他請教——不過他說正式的法律諮詢要收費，所以我只請教過一些。我記得也跟他傾吐過與昇的感情問題，以及小金的事。除了「何謂人生」這種大哉問以外，能問我應該都問過了。

然後，現在雖然一樣不會找他討論人生，卻會詢問類似的問題。

「假設妳停止追逐怪談，接下來要怎麼辦？」

「不知道。」

「除了當怪談師以外，妳沒有其他謀生技能吧？」

「搞不好有啊。」

「比方說什麼？」

「呃，食物調理搭配師？」

松浦先生沒理會我的答案。

「這樣的話，那件事也可以算了嗎？」我知道他在電話另一頭小心地斟酌措詞。

「妳原諒肇事者了嗎？」

怎麼可能？我不可能原諒他，也不可能忘掉他。可是，就算如此——

「我不再期待根本不會發生的事，爲此蹉跎一生了。更別說是爲了怪談這種無聊的嗜好浪費一輩子。」

「……到底出了什麼事？」

我沒有把昨晚跟那傢伙之間的事告訴松浦先生。要是說出來，他可能會帶著兩、三個工作上有往來的可怕道上兄弟去圍毆吉澤，但我並不想要這樣的結果。

「所以，我希望你扮演平常的角色。」

「勸阻妳，叫妳不要再做無聊事的角色？」

「不是啦，你明知故問。」

太陽升起了。河面上的粼粼波光好刺眼。遠方傳來海鳥的啼叫聲。是海邊城鎮的黎明景致。

「唔，什麼都好啦。」

松浦先生又打了個哈欠，接著說：

「不是怪談也行，要是有什麼好玩的事，再跟我說喔。」

「……嗯，我保證。」

掛掉電話後，我蹲在河邊的堤防上，哭了一會。接著我慢慢起身，無精打采地往前走。

我的決心逐漸鞏固。可是，我必須先跟某人討論才行。那就是小金。如果她不肯接受，也不能放棄死於詛咒，我一個人拋棄怪談，根本毫無意義。

後來，我和小金幾乎沒有說話。昨晚從釜津車站搭電車回到旅館的路上，小金默默扶著我，但沒有任何像樣的交談。進了客房，我在沖澡的時候，小金就先睡了。我實在睡不著，一直坐在緣廊想事情。

蒐集有人死掉的怪談，這種事我已想要畫下句點。我想和小金過著普通的日子，成爲和詛咒、作祟無關的，平凡無奇的女性朋友。

可是，我不知道小金願不願意也這麼做。

口袋裡，手機又震動起來。後來吉澤打過幾次電話，傳過幾通訊息。因爲很煩，凌晨的時候我設成拒接，但他似乎也聯絡了我們共同的朋友。我收到幾封電子郵件。有人察覺不對勁，替我擔心，也有人特地通風報信，說某人相信吉澤的說詞，把我講得很難聽。眞想吐。

乾脆全部刪掉算了嗎？我這麼想著，望向手機螢幕，發現有幾通昇打來的未接來電。他好像從深夜就一直打給我。最新的一通是四十分鐘前。我猶豫了一下，回電給他。

「喂？」

「啊，丹野小姐，妳沒事吧？」

「沒事。怎麼連你都聽說了？」

「那個人傳了好長的一封電子郵件過來。內容我就不提了，但他似乎一次寄給很多人。」

「抱歉讓你擔心了。」

「該道歉的是我。他是出了名的愛性騷擾女生，要是我知道你們晚上要單獨見面，絕對會阻止妳。」

平常我都刻意不去接觸這類八卦消息。因爲我並不打算如此深入業界的人際關係，太麻煩了。如今我覺得這就是錯誤的根本。

「我剛剛才發現，你從昨天晚上就一直打電話給我。」

「沒關係啦。而且我已經上車了。」

「上車？」

「高速客運。」昇滿不在乎地說：「早上就會到那裡了。」

☘

回到旅館，和小金一起吃完早餐後，我說要去接昇，便出門了。其實距離他抵達還有一段時間，但我撒了謊。就算跟小金在一起，也不曉得要和她說什麼好。

小金沒有提到昨晚的事。我想告訴小金，我不想再追逐怪談了。不只是這個怪談，不管是任何詛咒還是作祟，都不會繼續追查、嘗試了。我不想再做那種事了。

最重要的是，我不希望小金當白老鼠。可是，結果我還是說不出口。一旦說出口，一切彷彿就會成爲定局。無論小金選擇哪一邊，我們恐怕都無法維持原本的關係。

昇說會搭乘高速客運在釜津下車，再轉搭電車，卻比預告的時間提早三十分鐘抵達車站。他發現在驗票口前面等待的我，露出有些驚訝的表情，然後笑了。

「妳怎麼來了？在旅館等我就好啦。」

「現下我不想待在小金旁邊，很尷尬。」

「……看來，除了那件事以外，還出了別的事。」

「是同一個原因啦。」

昇說先找家店坐一下，又補了句「我還沒吃早餐」，但他手上抓著漢堡連鎖店的紙袋。對他來說，那大概算不上早餐吧。

我們進入站前的咖啡廳。名古屋的咖啡廳文化似乎勉強擴及到這一帶，昇喜孜孜地點了豪華的早餐套餐。

他的空腹得到滿足時，我也一點一滴地說完昨晚發生在自己身上的事：跟吉澤單獨出去，回程他意圖不軌，小金救了我，然後我對人生感到後悔，現在也非常後悔。

聽我說完，昇一臉嚴肅地回視我：

「意思是，妳對這個圈子感到失望嗎？受不了跟那種人一起工作？」

「坦白說，這是原因之一。」我撕著紙巾回答。「不過，該怎麼說，那只是一個契機。」

「我們還在交往的時候，妳告訴過我以前的事，比如妳父母的死因。」

「對啊。」

「妳是說，現在心境不同，沒有那種想法了嗎？」

「松浦先生也問了我一樣的問題。大家都覺得只要搬出那件事，我就會回心轉意嗎？」

「絕對不是。」

面對我的酸言酸語，昇連忙否定。

「我是在擔心妳啊。如果妳自己能接受就好，但我擔心是不是因爲那種男人傷了妳的自尊心，害妳不得不放棄深愛的事物。」

「其實我一直隱約覺得必須結束，沒辦法永遠做這種小孩子鬧彆扭般的事。畢竟我快三十歲了……」

對於我漫無章法、自言自語般的想法，昇設身處地，表情嚴肅地聆聽。

「我始終都在逃避。逃避父母死掉，我必須一個人活下去的事實。所以我才會開始蒐集怪談。因爲在蒐集怪談的時候，我可以不用往前走。」

「是這樣的嗎？」

昇將目光從我身上移開，注視著桌上的一點回應。

「非得做出選擇才行嗎？我覺得一邊逃避一邊前進也可以啊。」

「你也有這種經驗嗎？」

「有啊。」

這麼回答之後，昇遲疑了一下，似乎是在猶豫該不該說出來。但過了片刻，他開口：

「我妹妹有段時期沒辦法去上學。現在也是差不多的狀態，她沒辦法過一般人的生活。」

「……這樣啊。」

我聽說過昇有妹妹，但不曉得原來是這種狀況。

「但我們都不知道爲什麼她會變成這副模樣。雖然大概猜得到啦。所以我覺得要是有一天，有機會確定原因就好了。」

「機會？」

「就類似進行一點實驗。追查怪談，四處走訪，或許總有一天會有機會。不過，這是我一廂情願的願望啦。」

「喔……」

我不太明白他想要表達什麼，但看得出他也是在摸索的途中。我不知道這與怪談有什麼關係，或許是完全無關的事。

「今天早上我會來這裡，老實說跟昨晚的事也沒有關係。」

「咦？」

「抱歉，我是眞的擔心妳，但因爲我找到了這個，覺得不管怎樣，還是盡快過來一趟比較好。」

昇從皮包裡取出筆電，放到桌上。進行某些操作之後，他把螢幕轉向我。

那似乎是一個網站，但形式很老舊。不是部落格，看上去是所謂的「個人主頁」，把個人寫下的文章直接展示出來的傳統網頁。頁面上方，像是標題的「傳聞眞相調查部」字樣以動畫呈現。

「這個網站在二〇一四年停止更新了。」

「沒有想像中古老。」

「是啊，看起來年代應該更久遠。網站是二〇〇三年前後開設的。」

那麼，等於是經營了超過十年。雖然不是非常久，但以嗜好來說，投注相當多的心力。

「這是什麼網站？」

「內容很雜。有一般的日記、觀賞動漫畫的感想，也會免費提供像素畫的icon素材，可以在瀏覽器上玩自製的遊戲。網站整體好像模擬成某個組織，有遊戲的頁面就稱爲『遊戲開發部』，是這樣的命名邏輯。」

光是聽昇講述網站內容，就激起懷舊之情。

「我現在打開的是『傳聞眞相調查部』的網頁，這似乎是調查都市傳說、歷史上的陰謀論等等的專區。內容很粗糙，什麼鐵達尼號是因保險金而被故意弄沉、日幣一萬圓鈔票上藏有共濟會的記號等等，都是從可疑的資料來源剪貼上來的而已。」

「不過，這種做法很常見。好懷念。」

「然後，二〇一四年，也就是網站停止更新前，製作的最後一頁應該就是這個主題。」

昇操作觸控板，切換畫面，開啓下一頁。標題這麼寫著：

「害死釣客的妖怪魚……？」

「關鍵字微妙地不同，所以一直沒有搜尋到。找到的時候，只有這一頁不知爲何連結失效。我昨天好不容易才撈到庫存頁面。」

我瀏覽頁面上的文字。

靜岡縣的K川，似乎流傳著可怕的怪魚傳說，據說釣到這種魚的人會離奇死亡。站長實地前往舊H村調查，發現有一則紀錄，寫著釣到魚帶回家的村人，隔天早上被發現全家死亡的事件。如果有任何關於這起事件的資訊，請在留言版留言。

「K川就是狗龍川吧？」

「嗯。然後H村似乎是平迫村。這沒有後續嗎？」

「接下來更新了幾次，補充後續內容。站長約莫跟丹野小姐有相同的推測，調查地點往上游移動。」

昇說完，打開下一篇文章。

上回提到的怪魚，有訪客提供了資訊。最近這個地區似乎不只是魚，還頻繁地有人目擊到奇妙的物體漂浮在河川或水面。物體是白色的，外觀像泡爛的肉塊，聽說有人誤以爲是浮屍而報案。當然，翻遍整條河都找不到屍體。以下是實際的新聞報導。

「這裡貼的是網路新聞的網址，但新聞頁面本身已被移除。」

根據這篇報導，從長野縣M村到靜岡縣舊S村之間，陸續出現相同的目擊證詞。報導中提到的動物屍體或產業廢棄物等說法應該都不對。如果看到的是那些東西，卻怎麼樣都找不到，未免太奇怪了。

站長認爲，這類物體是從更上游的某處刻意被流放出來的。其實K川流經的長野縣南部，有不少曾多次引發殺人及傷害案件的那個Y會的據點。媒體完全沒有報導這件事，我也只是臆測，但這個國家眞的有光是提到就可能惹禍上身的可怕祕密。各位千萬要當心長野縣以A或T開頭的地名。我已接到好幾個「警告」，恐怕就是來自他們——

我暫時讀到這裡，出聲告饒：

「都是代號，看得頭都暈了。」

「呃，首先靜岡縣舊S村，就是與釜津市合併的舊下吉村。接著出現的長野縣M村，是現今仍存在的村子，三井田村。」

「Y會又是指什麼?」

「友緣會，正式名稱是『萬國八方友緣會』。這個團體在全日本打造自給自足的村子，推廣全新的生活方式，爲社會的變革預做準備。簡而言之，是一種新興宗教。」

「聽都沒聽過。」

「畢竟很小眾。」

根據昇的情報，一九九〇年左右，友緣會對會員及其家屬的虐待或詐欺行爲，引發了話題。後來，前會員們發起集體訴訟，友緣會敗訴，又因爲爆發奧姆眞理教事件，社會對宗教及新興宗教團體的目光日趨嚴厲，據說最近幾乎都沒在活動了。

「但現在還是有會員共同生活的村子，長野縣內也有兩處。一處是長野縣稻里市的淺沼村，另一處是同樣位在稻里市的時任村。」

「原來離得這麼近？」

「兩個地方相距五公里左右，我認爲就是文章裡提到的A和T。」

我將目光移回電腦螢幕，繼續讀下去。

站長認爲，在K川被目擊到的奇妙物體，其實就是Y會私下製造的生物武器。擅自帶回去的人會死亡，物體本身很快就會融化消失，相當符合作爲武器的特徵。實際上，在已成爲廢墟的東北Y會的村子裡，就發生了以下的奇妙現象：

應該沒有任何動物的畜舍，傳出不是人類也不是動物的叫聲。

機構外牆有神祕的門，卻非通往建築物裡的任何一個房間。

入夜以後，有人目擊周圍的山地發光的現象。

此外，有人指稱在K川發現的像白色肉塊的物體會說人話，讓人不禁產生可怕的想像，莫非那些物體是人體實驗中被犧牲的人類殘骸？

「會說人話？」

「對。丹野小姐找到的三個特徵，符合其中之一。」

「那些怪談是在二〇一四年從長野縣傳入靜岡縣。」

「或者是更早以前。這個站長應該不是在當地蒐集最新資訊。」

「那麼，怪談的源頭是長野縣的⋯⋯」

我正要取出採訪筆記本，赫然想起我已不再隨身攜帶，不禁暗叫「糟糕」。昇一副有話想說的表情，注視著我。我作勢催促「你說啊」。

「看來習慣不是一朝一夕就能改變的。」昇說。

「可是⋯⋯」

「說穿了，就是好玩嘛。不負責任地談論詛咒、邪教、命案之類不正經的事，才會欲罷不能，持之以恆。」

「你那根本是豁出去了吧。」

「是啊。所以，我想至少要對身邊的人誠實。」昇假惺惺地正襟危坐，「這個怪談就好，要不要追查到水落石出？其餘的事，接下來再決定就好。」

「你爲什麼如此執著於這個怪談？」

「因爲我覺得可能是眞的。丹野小姐也有同感吧？」

「可是，我還是對小金……」

腦中突然浮現小金昨天的告白。昨晚一次發生太多事，我也一團混亂，直到這一刻都沒能好好深思。

「怎麼了？」

因爲我突然打住，昇出聲追問。

「昇，你見過小金嗎？」

「有啊，見過幾次。」

小金住進我家，是我和昇分手約半年後的時期。當時我和昇已能像現在這樣毫無芥蒂地往來，因此我常對他提起這個奇妙的室友，有空也會通知他新影片上傳到影音網站了。

「她說住進我家以前，是在夜總會上班。然後她也認識吉澤。」

「是喔？」

「吉澤記得她，肉麻兮兮地叫她『眞帆』……」

我純粹是閒聊而已。聊起共同的朋友意外的過去。然而，昇似乎有些無法信服，頻頻歪頭說：

「這會是巧合嗎？」

「什麼意思……？」

「搞不好是吉澤先生把妳的事告訴她，所以她才會找上妳。」

「啊，不是的。我跟小金是偶然在路上遇到。她喝得爛醉，倒在自動販賣機旁邊。」

這麼說來，我從來沒有看過小金喝酒。雖然就算是酒店小姐，也不一定都愛喝酒。

「那麼，吉澤先生叫她的花名是什麼？」

「眞帆……欸，你該不會連小金都想調查吧？」

「不要講那種招人誤會的話。又不是刑警劇，調查陌生人的背景沒那麼容易。」

說的沒錯。但如果眞的要查，我還有松浦先生這個靠山。只要我想調查小金的過去，怎麼樣都有辦法，只是刻意不這麼做而已。因爲我很享受這種曖昧不明的狀態。

現在我想結束這種狀態。然而實際面對黑暗，我卻沒有勇氣把手伸進去。太傲慢了。明明不管是陌生人或陌生土地的黑暗祕密，我一直都是滿不在乎地戳弄，從中獲得樂趣。

昇打算立即溯狗龍川而上，在今天進入長野縣。他想去看看我提過的萬十堂大樓、位於平迫的飯店，還有網站上提到的目擊白色肉塊的地點。

「我打算在長野縣那邊停留一段日子，繼續調查。丹野小姐，如果妳還有查下去的意願，請聯絡我。我會等妳。」

「我可能會丟下你，跟小金回去東京。」

「那樣的話，我恐怕會步上那個站長的後塵。」

他似乎是在說剛才的網站站長，我忍不住笑道：

「不要隨便判人家死刑好嗎？搞不好他只是懶得經營網站，人還活得好好的。」

「不可能。」

「你怎麼能斷定？」

「我用網站的域名搜尋了站長的資訊，找到一個奈良縣的地址。」昇笑也不笑。

「二〇一四年那裡發生火災，完全燒毀了。」

☘

在咖啡廳前面和昇道別後，我仍在思考他說的內容。

感覺有太多材料佐證，讓人不得不相信這是貨眞價實的怪談。可是吉澤認爲，是我早有定見導致事情看起來如此罷了。因為只留意共通點，才會感覺陸續出現奇妙的吻合，客觀來看，全都不過是互不相干的獨立事件。

有個知名的都市傳說，是林肯與甘迺迪有奇妙的共通之處。相信這種說法的人認為，兩名美國總統的命運酷似，絕非偶然，背後有某些力量在作用。因為兩名總統都致力為黑人爭取自由，兩人都在西曆後兩位是六一年的年分就職，兩人都是頭部遭到槍擊身亡。而兩邊的刺客，一名在劇院開槍後，被逼到倉庫，另一名則是在倉庫開槍後，在劇院被捕，雙方最後都被射殺。此外，「林肯」和「甘迺迪」的英文拼音都是七個字母。

當然，這些全都是巧合罷了。在大量的資訊中，只挑出相符的元素，才會看起來如此。比方說，兩名總統遇刺的年分，林肯是六五年，甘迺迪是六三年。林肯是在劇院遇刺，但甘迺迪是在車上遭到槍擊。再說，兩人的名字「亞伯拉罕」與「約翰·費茲傑拉爾德」，不管怎麼看字數都不一樣。

我蒐集的怪談和那個網站的站長追查的怪談，乍看之下似乎有共通之處。水裡有東西出現、會說人話、聽到的人會死，就是這三個元素。但如果像林肯與甘迺迪的都市傳說那樣，挑出其中不同的元素，又會如何？出現地點有時是河川、池塘，有時是飯店浴缸，找到的有時是魚，有時是白色肉塊。有些是刻意主動現身，有些只是漂浮，或是漂走。聽到聲音的人會死掉，這部分也含糊不清。倒不如說，截至目前，沒死人的情況還比較多。不過如果親身遇到的人死掉，怪談也傳不出去吧。

從以前就有種說法：超自然現象缺乏客觀性。因爲客觀性、再現性、可反證性等，都是科學概念，詛咒、魔法、靈能力卻非如此。每個人遇到的情況都不同，發生一百次，會有一百種結果，所以無從反證。超自然——Occult這個詞，原本的意義是「被隱藏之物」。如果現象主動隱身起來，那就像是做出回答之後再改變問題的猜謎一樣，根本沒有以邏輯思考解決的辦法。

如果有個不同於科學，只能稱爲超自然的世界眞實存在，那就是一個全靠偶然與主觀成立的世界。想要看到什麼、不想看到什麼？哪些能夠相信、哪些又不能相信？畫線的方式沒有正確答案。不管是什麼形狀，只要看起來是那樣，它就是存在的。

說到底，就是我自身的問題。

回到旅館，進入客房，只見小金坐在緣廊的沙發上看著窗外，手上應該是昨天說要去買的數獨本吧。我悄悄走近，出聲說：

「我回來了，小金。」

她瞄了我一眼，應了聲「妳回來了」，目光又飄回窗外。

「妳在看什麼？」

我在小金對面的沙發坐下來。

「對面屋頂上有貓。」

「咦，眞的嗎？」

放眼望去，旅館隔壁的民宅屋瓦上，確實有隻肥美的虎斑貓蜷成一團。我和小金看了貓一會，牠爬起來，開始舔毛梳洗，接著可能想起有事，一溜煙跳下了屋頂。

「走掉了。」

「嗯。」

事到如今，我還在猶豫要跟小金說什麼好。我有很多事想告訴她。有許多非說不可的事，以及如果可能，希望可以別說的事。所以，我決定依序告訴她。

「小金，昨天晚上謝謝妳來救我。」

「咦？」瞬間，她露出不知道我在說什麼的表情。「哦，沒事啦，那沒什麼。反正我從以前就很想揍他了。」

從以前——意思是，他還是店裡的客人的時候吧。

「他那麼爛喔？」

「爛胚子一個。一喝醉就講些下流的話，亂抱女生。他會對妳做出那種事，根本一點都不奇怪。」

「這樣啊，就是說呢。」

我尋思接下來該怎麼說，小金先發制人地開口：

「欸，就算是這樣，妳也沒必要不當怪談師了啊。」

這話太令人意外了，我忍不住反問：

「我什麼時候說我不當怪談師了？」

「妳是沒說，可是妳從早上就一直無精打采。平常就算遇到討厭的事，只要睡醒吃過飯妳就會忘記了。」

小金好像把我當成陽光少年還是什麼了。

「這也是一大誤解耶。」

「即使那傢伙是同行，也沒什麼好在意的啊。不用跟別人有所牽扯，我們做我們自己的就好了。」

這一年之間，我和小金去了很多地方。之前去的穿刺人偶森林，和這趟旅行都是如此。其他還去過無頭地藏並排的路、內部整個被漆成紅色的用途不明的洞穴、有個房間只能從窗戶進出的關閉的度假中心、三樓不知爲何有塊巨大岩石的醫院廢墟等等，探訪了許多地方。

我們在這些場所瞎聊一堆無聊的事，開心極了。在危險的地點胡鬧，就覺得自己很厲害、很快樂。如今回想，實在非常幼稚，但這是我需要的。自從那場車禍以後，我一直是孤單一人。不管是國中還是高中，我都沒有跟同學一起胡鬧做傻事的經驗。

「三咲，妳也喜歡追查怪談吧？」

該怎麼回答才好？我十分迷惘。我從來沒有把我的目的告訴過小金，只在第一次相遇的那天晚上，提過我爲了某個目的，在蒐集有人死掉的怪談。

但我已決定今天要全盤托出，於是坦誠相告：

「……其實，我並不是因爲喜歡或是好玩，才到處尋找怪談。」

我把父母的事、車禍的事都告訴小金。兩人沉入河底死去，肇事者完全沒有受到懲罰。幼小的我想向那傢伙復仇，卻無計可施，只能尋找替代的方法。

「最後我想到可以利用怪談。有人死於詛咒或作祟的傳說——如果是眞的，或許可以用來殺掉那傢伙，替我父母報仇。」

小金默默聽著，半晌後她垂下頭，低聲道：

「妳還沒有原諒那個人吧？既然如此……」

「我也不曉得。」我撩起頭髮，「我覺得還沒有原諒對方，但最近連自己也弄不清楚了。許久以前，我就不太會想起車禍的事了。我開始把怪談當成工作，然後認識妳，漸漸變得沒那麼在乎過去的事。可是，我也害怕像這樣不斷改變的自己……」

所以才會追尋怪談。倒不如說，是裝出在追尋怪談的樣子。我無法原諒，也無法接受自己把父母的死當成過去。只要下定決心，總有一天要咒殺肇事者，卯起來往前衝，就可以不去正視現實。

「可是昨天發生的事，讓我想了很多，終於醒悟。我不能永遠這樣下去。至少不能爲了這種消極的目的，把妳牽扯進來。」

「不對！」

小金突然大叫。

「其實是我把妳牽扯進來，是我拉著妳陪我自殺。」

小金的叫聲嚇到我，我忍不住盯著她。只見她的嘴抿成一字形，定定地注視著自己的雙手，彷彿強忍著什麼。

「小金，妳現在還是想要自殺嗎？」

「什麼意思？」

「妳堅持要當詛咒的白老鼠，眞的只有這個理由嗎？」

「我——」

「當時我們的對話是這樣的吧？我喝醉了，說在尋找有人死掉的怪談，妳就問我眞的相信世上有詛咒和作祟嗎？」

小金點點頭。

「然後，我應該是回答：現在是不信，但如果哪一天，親眼目睹有人在只能說是受到詛咒的狀況下死去，也只能信了吧。結果妳說——」

「反過來說，如果做什麼都不會死，表示世上根本沒有詛咒。」

小金聲調平板，像是在進行確認。

「小金，妳從一開始就不打算自殺吧？妳是不是有什麼別的目的？」

「如果我回答『是』，妳會怎麼做？」

「什麼都不會做啊。只是……」

我再次注視著小金的眼睛，這次她也筆直回視我。

「如果可以的話，希望我和妳之間，沒有詛咒、怪談那些東西——」我的聲音顫抖，情感幾乎潰堤。「我想和妳在一起。跟那些東西沒有關係，我想和妳單純地當朋友。」

總覺得有人在叫我，醒了過來，發現已是傍晚。我躺在沙發上，轉頭就看到旁邊小金的臉。

「差不多該走了。」

「走去哪裡？」

「釣魚。」

我想起睡著之前的事。坐在這張沙發上，和小金聊過以後，她離開客房，留下我一個人。我獨自用完簡單的午餐，原本想看書，但前天晚上幾乎沒睡，忍不住打起盹來，然後就午睡到現在。

小金準備了一整套釣具。是宅配到旅館，卻沒有用上的工具。

「我們有說要去釣魚嗎？」

「沒有，可是去釣個魚吧。時間也剛剛好。」

我爬起來，喝了桌上的保特瓶飲料，接著對小金說：

「好啊，走吧。」

我們離開旅館，先往海邊走去。路上有釣具行，小金買了一袋小蝦子當釣餌。抵達的目的地，是第一天勘察過的地方，面對狗龍川河口的釣場。接近日沒時分，卻零星可見剛要開始釣魚的人。我問小金，她說現在才是釣魚的好時段。

小金俐落地擺開帶來的釣竿和成品鉤。她說會向東京的釣客朋友討教練習，似乎不是說假的。她迅速刺上魚餌，輕輕沉入海面。線的前端附有紅色與黃色的球體，約莫是打算進行浮釣。

一會後，小金突然想起似地舀起約一湯匙的蝦子，撒向海面。

「這是在做什麼？」

「撒餌啊，用來引誘魚群。因爲海太廣大了。」

聊著聊著，近旁的釣客團體似乎剛好釣上了大魚。

「我倒是覺得引來不少魚了。」

「沒關係啦，人家就想試試。」

我眺望遠方的景色。黃昏時分的大海，是一種揉碎藍莓般的靛藍色，其中散布著反射的燦光，宛如夕照的碎片。

小金忽然開口：「柚原百香。」

我差點要問「誰？」，隨即瞭然於心。小金接著說：

「我的本名。」

「很棒的名字。雖然『金絲雀的小金』也不錯。」

「會嗎？」

她笑了，但很快恢復正經，說「我得道歉才行」。對於一直撒謊的事。

「撒謊？妳是指假裝不認識吉澤的事嗎？」

「不是。」

「那是妳隱瞞名字的事？」

「也不是。妳聽我說，我們第一次見面的那天晚上——」

停頓片刻，她下定決心似地開口：

「其實，我想要殺了妳。」

「這樣啊……」

「妳不驚訝？」

「既然是那個小金鄭重其事坦承的事實，絕對非同小可，我已有心理準備。」

我這麼回答，小金放下心中大石般笑了。

「那妳怎麼會想要殺了我？」

「嗯。我國中的時候，有一個非常要好的朋友。」

小金突然開始聊往事。我抓不到頭緒，有些困惑，但決定先默默聽她說下去。

「那個女生有點裝模作樣，愛出鋒頭，但對我很好。然後，她喜歡算命占卜之類的。我們一起學塔羅牌解牌、讀從血型看個性的書，很快樂。」

小金和那個女生上了同一所高中。然而在新的環境，兩人無法維持過往的關係。

「喏，高中和國中以前不一樣，比較聰明、家裡比較有錢的學生，就會自成小圈圈不是嗎？」

一向都是班上風雲人物的那個女生，在高中變得毫不起眼。她無法忍受失去鋒芒，漸漸出現奇妙的舉止。

「她四處吹噓自己有陰陽眼，有所感應。故意隨身攜帶算命道具，動不動就說哪裡有髒東西，或誰跟男友分手，是因爲別的女生的生靈作祟。」

那個女生藉此再次贏得矚目，但老用這種噱頭，旁人會漸漸煩膩。每一次她都會以自己的一套方法進行「補救」。

「我的職責是找到新的材料。我不想被那個女生討厭，所以爲她想方設法。我會偷看別的女生的日記，把祕密告訴她，或是把別人的東西藏起來，放到她預言的地點。」

因爲小金犧牲奉獻的地下活動，那個女生逐漸在班上建立起權威，開始有學生對她唯命是從，宛如跟班。如果有人反抗她，或是不相信她的靈異感應，那些跟班就會去騷擾對方。

「這時，那個女生拜託我，說要舉行類似降靈術的儀式，讓不相信她的人害怕。我上網搜尋相關資料，但不是需要工具，就是必須在深夜舉行，派不上用場。」

簡而言之，那個女生想要的是能懲罰不服從她的同學的、類似入會考驗的儀式吧。那必須能在校園輕易舉行，而且要有十足的氣氛效果。

「因爲找不到那樣的儀式，我只能自己從頭發明一個。我從各種咒法、可怕的遊戲裡東抄一點、西拿一點，完成一套儀式。將這套儀式告訴她後，她非常開心，而且當眞了，好像沒發現全是我編造出來的。」

「那是怎樣的儀式？」

「就是大家圍成一個圈站著，讓想要嚇唬的對象坐在正中央。然後那把個人的眼睛蒙起來，召喚錢仙。」

聽到遊戲內容，我赫然一驚。那是我非常熟悉的儀式。

「那不是……」

「我那個朋友，名叫河合季里子。」

錢仙的詛咒怪談。我在怪談會上多次講述、再熟悉不過的怪談。連名字也一樣。

「開始玩這個遊戲以後，季里子變得愈來愈奇怪。她會在上課時突然大叫，說有浮遊靈什麼的，如果有人不相信占卜或幽靈，她就糾眾圍剿。看到季里子變成這樣，我很害怕，所以後來不太跟她說話了。」

小金和她保持距離，季里子也滿不在乎。在支配了全班的她眼中，或許小金已是不需要的人。

「然後某一天，班上一個同學掉進河裡死掉了。」

小金輕描淡寫地說，像是在朗讀課本上的內容。

「大家都知道，那個同學失蹤前一天，放學後曾被季里子抓去玩錢仙。大家都認爲這是錢仙的詛咒，說是在儀式中觸怒了錢仙，那個同學才會死掉。」

可是，這不是太奇怪了嗎？小金說。

「根本沒有那種儀式啊。那是我爲了季里子瞎掰出來的。不管是做法還是咒文，都是隨便拼湊的，不可能因此被詛咒，絕對只是巧合。」

然而整個校園裡，認爲是巧合的只有小金。除了小金以外，每個人都認爲那個同學是因詛咒而死掉，元凶就是季里子。很快地，季里子自己也不來學校了，然後又傳出古怪的流言。就是放學後，失常的季里子在教室預言了自己和其他學生死亡的那個怪談。

季里子就這樣再也沒有來上學，直接轉學了，正當學生們快要忘記不祥的流言時，又有其他學生死掉了。據說是從自家公寓跳樓自殺。自殺的女生是季里子的跟班之一。大家又異口同聲說這也是詛咒。

「我實在沒辦法繼續待在學校了。我從高中退學，開始在東京工作。」

即使如此，故鄉的消息依然傳到了小金耳中。那一天玩過錢仙的學生們，一個個喪命。小金迎接十八歲生日，辭掉原本超市的工作，進入夜總會上班的時候，她聽說除了聯絡不上的季里子以外，所有人都死了。

「可是，我依然相信這只是巧合。因爲這一定是巧合啊！」小金的聲音哽噎了。「如果不是巧合，就會變成是我害的。是我害死那些同學。都怪我發明了那種遊戲，讓大家去玩……」

我輕輕撫著小金的背。她每次嗚咽，釣竿前端便隨之上下晃動。太陽幾乎完全西沉了，四下一片陰暗，所以我不用在意海岸上旁人的目光。

「過了一段日子，吉澤變成店裡的常客。他自稱是做靈異相關的工作，於是我問了他錢仙的事，問他眞的有這樣的遊戲嗎？結果他說聽過一模一樣的內容，有個叫丹野三咲的怪談師經常講這個怪談。」

從時期來看，是我剛從昇那裡聽到這個怪談的時候。內容新鮮，而且震撼力十足，所以我應該在許多地方講過。完全沒想到居然會被當事人聽見。

「我去看了那個人的表演。參加好幾場怪談會，總算聽到這個怪談，我眞是嚇了一大跳。那就是在講季里子，連細節都幾乎一模一樣。」

離開會場時，小金下定決心。

「我想要去找那個三咲，讓她不能再次把這件事拿出來說。」

「說的也是。換成是我，一定也會氣瘋了。」

當父母的死被人當成怪談講述時，我氣到想要殺死對方。然而，我自己卻在做一樣的事，傷害了小金。好羞愧。好想直接跳進海裡自我了斷。

「我查出妳家在哪裡，確定妳會在什麼時候回家後，在公寓前面假裝喝到爛醉，動彈不得。」

「我把妳帶回家，照顧妳。」

「我問妳是做什麼工作的。我是明知故問。因爲我想聽妳親口說出來，妳到底是不是眞心相信錢仙、相信詛咒。」

「如果我說相信，妳就會殺了我？」

「或許吧。可是妳說還不知道，所以仍在尋找答案。」

那是我的肺腑之言，但既然會有這種情形，往後回答的時候還是謹愼一點好了。

「所以，我決定幫妳。我說想要自殺，如果有可以殺死我的詛咒，請妳拿我做實驗。」

這是藉口。其實，她是想要證明世上根本沒有詛咒。

「但我說想自殺，這也是真的。我原本打算不管怎樣，殺了妳之後，我也要自殺。我覺得這樣就可以被赦免。被季里子和其他同學赦免。」

「妳現在仍這麼想嗎？」

「不知道……」

說到這裡，小金總算打住了話。釣竿看起來彎了，我出聲提醒，她慌忙拉起釣鉤。只見分叉的絲線前端勾著一條小魚。

「釣到了。」

「嗯，大概是不會害死人的魚。」

小金把魚從針上解下來，我對她說：

「不會死就行了。」

「咦？」

「如果不管做什麼都不會死，妳就能接受了吧。接受那不是妳的責任，一切只是巧合。」

「那是……」

「既然如此，我們追查到底吧。沿著這條河追溯到源頭，確認什麼都沒有。確認根本沒有釣到就會害人死掉的魚，一切都是編造出來的。」

小金不安地仰望我。

「妳沒關係嗎？」她解下魚的手停住了。「妳爸媽的事……」

「沒關係。」

我斬釘截鐵地說。我的心中再也沒有迷惘。人不會因怪談而死。不可能眞的把別人咒死。不管是怨靈或什麼作祟都不存在。害死我父母的肇事者會繼續活在世上，然後在某一天死去。就和我還有小金，以及所有的眾生一樣。

我們把唯一釣到的那條魚放回大海，離開釣場。邊走邊看著河流，不知爲何突然有些傷感，我緊緊地握住了小金的手。

# 三、追溯怪談之河

我原本打算在八板站的圓環等，但昇特地把車子開到旅館來接我們。

我們結清到今天爲止的住宿費用，把大件行李用宅配寄回東京的住處。在八板町停留了半長不短的日子，也釣到了魚，沒有留下遺憾。今晚開始就要在內陸縣過夜，暫時與大海道別。

「接下來都是山路，妳不要緊嗎？」

昇把剩下的行李放進後車廂問。我搖搖頭，回答：

「情非得已。」

其實我原本打算搭電車到昇住宿的長野縣稻里市，但路程意外地遠，必須先坐到愛知縣再轉乘過去。我聯絡了昇，他說租了車當調查用的交通工具，於是我決定請他到八板來接我們。

昇坐在駕駛座，我和小金一起坐在後座。坐車移動這麼長的距離，搞不好是頭一遭。我覺得應該不至於會身體不適，但還是有點緊張。

「小金，好久不見。」

「你好……」

昇笑咪咪地打招呼，但小金對他似乎有點戒心。她躲在我後面，莫名在意昇。明明應該不是第一次見面啊？

「到稻里大概需要三小時，途中我們休息幾次吧。」

「都交給你，由你安排吧。」

原本我懷疑昇空有駕照不會開車，但他的駕駛技術比想像中平穩。一問之下，才知道他從以前就經常爲了蒐集怪談，開車遠征各地。難怪他異常精通地方的怪談。他沒有什麼猶豫就開上狗龍川的堤防道路。從車窗望出去就是河面，我忍不住用力抓緊安全帶。

「快到萬十堂大樓了。河的對面也看得到眞瀨小學的校舍。」

是我們發現的八板町怪談的最上游。經過那裡之後，住家與建築物變得愈來愈稀疏，相反地，遼闊的田地變多了。車子穿過新東名高速道路的高架路段，過橋之後進入釜津市內。

「從這一帶開始就是舊平迫村。」

看來車子已完全離開市區，不知不覺間，原本在道路另一頭，看起來小小的山地，現在已圍繞在四周。瓦頂民宅聚集在山腳，偶爾會和載著一籃籃農作物的小卡車擦身而過。流經自然豐沛的土地的狗龍川，感覺慢慢呈現出山澗景觀了。

這時，前方出現一座高聳的巨大結構物，看似堵住了整條河川。

「那是平迫水壩，供應這裡到八板町一帶的水源。兩位今早喝的也是這裡的水喔。」

聽到這番話，那鋼筋水泥物體頓時顯得可靠起來。

「那棟飯店呢？」

「在這裡的上游，水壩湖起始的地方。」

以湖泊來說，水壩湖形狀細長，如果不知道有水壩，可能會以為只是條寬闊的河。周圍的景色依然是谷底的農村，看起來不像有任何渡假設施，但昇說有乘船場等在營業。

再前進一段路，路旁有兩棟並排的大型建築物。周圍沒有任何商家或民宅，感覺就像只有那兩棟建築物突然拔地而起。

「那就是平迫湖畔飯店，吉澤先生提到的怪談發生的舞台。奶油色的是舊館，白色的是新館。」說到這裡，昇打了方向燈。「新館也有餐廳，我們去那裡吃午飯吧。」

聽到是怪談發生的舞台，我擅自想像會很陰森，但飯店內部裝潢非常普通。餐廳的菜色有咖哩飯和義大利麵等等，年代悠久的各種食品模型在櫥窗裡擺得琳琅滿目。雖然有種寂寥的觀光地氛圍，但我和昇都不討厭這種地方。

餐廳在二樓，透過大片窗戶可將水壩湖一覽無遺。貌似攝影迷的觀光客，拿著相機對著水壩的方向專注地拍照。

「一九七〇年代，水壩一完成，這家飯店隨即開始營業。泡沫經濟時期，曾有把水壩湖周邊開發成觀光地區的計畫，這邊的新館似乎是配合計畫興建的，可惜泡沫經濟很快就破滅了。」

「眞可憐。」

「倒也未必。很多人來參觀水壩。」

昇說著，把單點的漢堡肉放在水壩造型的特製咖哩飯上。他好像忘了之前在釜津的釣船上吃足了苦頭，眞是個學不乖的傢伙。

我看著一團漢堡肉沉入咖哩湖泊中，說道：

「水壩底下沉著一座村子或什麼……應該沒有這種事吧。因爲比這裡更上游的地方也有怪談嘛。」

「是啊，我調查過了，水壩底下只有兩、三戶農家和田地而已，也沒聽說興建時發生過糾紛。」

「吉澤說是在二〇一七年採訪到這裡的怪談。」

「眞瀨小學的怪談是二〇一八年，等於從這裡花了約一年移動到八板町。」

這座水壩是在一九七〇年代完成。換言之，如果水壩是怪談的源頭，應該更早以前就會有怪談流傳才對。

我和小金吃蛋包飯的時候，昇幾乎是用吞的吃光了漢堡肉咖哩飯。

「那麼，我們前往下一個地點吧。」

等待著昇從停車場把車開來，小金拉了拉我的袖子。「怎麼了？」我問，小金不知為何輕聲細語地說：

「那個叫昇的人，是妳的前男友吧？」

「唔……被別人這麼一說，感覺很怪，不過是這樣沒錯。」

「他好像討厭我，對我皮笑肉不笑的。」

「咦？」我不禁產生奇怪的想像，忍不住皺眉。「沒這回事吧。昇不是這樣的人。」

我如此否定。昇是個成天追逐怪談的阿宅，但不至於不懂得如何跟女生打交道，也不是個怕羞小生。我這麼解釋，小金似乎仍有話想說，但車子剛好來了，這個話題只好暫時擱置。

但當時浮現的妄想，在腦中不斷升級。難不成昇是在嫉妒小金？因為她一直跟我在一起。現在是昇和小金爭奪我的三角關係嗎？太扯了啦——儘管這麼想，我內心卻頗受用。雖然昇是那種態度，但或許其實仍對我有所留戀。只不過，沒想到小金會特意跟我說這種事。

我不經意地在照後鏡中和昇對望了。

「丹野小姐，有什麼好笑的事嗎？」

「咦？啊！沒有，沒事。」

想法似乎不知不覺間寫在臉上了。我覺得十分尷尬，於是望向窗外。以爲車子正通過山中，不知何時，道路左右出現林立的住家和建築物。

「這裡是舊平迫村的中心，接下來在進入長野縣之前，都沒有村落。」

「這一帶沒有怪談嗎？」

「昨天經過這條路的時候，我也這麼想，便去了一趟公所。」

「村公所嗎？」

「正確地說，是釜津市公所的平迫分所。」

昇找到年紀較大的職員，打探對方是否聽說過有人在狗龍川看到或釣到奇怪的東西。

「妳記得二〇一五年，東海地方曾豪雨成災嗎？」

「不記得。」

「我想也是。據說，當時狗龍川水位暴漲，河流旁邊的道路有部分崩坍，似乎沒有人受害，但不知為何，接到許多『有人被水沖走了』的通報。」

通報內容是，河中央有白色人影在漂浮，對著岸上大叫。當地消防團出動救人，卻沒有找到通報中描述的人。而且從河流的狀態來看，人實在不可能停留在濁流中求救。不過，村中有多個地點傳來內容相同的通報，不太可能是看錯，最後仍不曉得那到底是什麼。

「這也是一樣的模式。」昇說。

河中的物體，以及人聲。

「要是目擊者後來死掉，就完美無缺了。」

「其實，隔年這裡也遭遇豪雨侵襲。當時村落各處發生土石流，有四人過世，搞不好就是前一年有人通報的地點。我還沒有查到這麼細的地方。」

說著說著，車子又開進山路了。

「從這裡開始就是舊下吉村。不過，村落本身是在山的另一頭，只是境界畫在這裡而已。」

「是那個網站上寫的，白色肉塊漂流到岸邊的地點。」

我又望向狗龍川，只見一座被綠意圍繞的美麗峽谷。別說肉塊了，似乎連個垃圾都找不到。

「好美的地方，眞想來露營。」

「這裡也有露營區。啊……」

車身劇烈搖晃了一下。不知不覺間，道路只剩下能勉強會車的寬度。

「終於進入深山了。慢慢前進吧。」

接下來，車子穿過感覺會產生其他怪談的老隧道。途中，爲了因彎道而暈車的我停車休息，大家順帶走下河邊，讓腳泡一下冰涼的河水，耗費了一段時間。好不容易進入稻里的市區時，已完全入夜了。寬闊的幹線道路在橘色路燈的照耀下，在陰暗的地方都市夜景中貫穿延伸。

「妳訂好住宿的地方了吧？」

「嗯，從交流道過去，在不遠的地方。等一下，我告訴你地址。」

昇把地址輸入汽車導航。我忽然好奇他住在哪裡。

「我嗎？」他別有深意地笑著回答：「淺沼村。」

這名稱我聽過，應該是叫友緣會的團體成員共同生活的村子。

「那裡不是邪教的據點嗎？你信教了嗎？」

「怎麼可能？那裡有附設招待所。只要忍受用餐前的古怪歌曲和傳教，價錢很便宜，所以頗受背包客歡迎。昨天晚上也有一群德國旅客住在那裡。」

那裡供應的餐點使用村中採收的有機蔬果和自製起司，尤其焗烤類更是人間美味。我和小金在旅館前下車時，昇這麼說，而後就再次返回那個可疑的村子了。

「祈禱他不會被焗烤料理洗腦。」

「是啊……」

目送昇的車子離開後，小金一副有話想說的表情。她似乎不太喜歡昇。我輕輕拍了拍小金的肩膀：

「沒事的。昇跟我一樣，是否定靈異現象派。」

「跟妳一樣，意思是只要看到證據，就會相信吧？」

說的也是。只能祈禱那個團體沒有傳教師擁有能把水變成酒的特技。

由於舟車勞頓，這天晚上我們早早就上床睡了。但可能是和小金聊了那些內容，我夢到昇穿著白袍，被抬上邪教祭壇獻祭，我和小金不知為何拿著火把，觀看著儀式。這幕景象讓人有種既懷念又血腥的感覺。

☘

做了那種夢，我可能有些擔心吧。隔天早上，看到來接我們的昇那朝氣十足的樣子，我鬆了一口氣。看上去，他身上沒有戴佛珠或玫瑰念珠。

「今天早上我們先去淺沼村。雖然我都待在那裡。」

「那個地點眞的跟怪談有關係嗎？」

那個網站最後一次更新提到的說法是，友緣會祕密研究生物武器，實驗動物被丟進河裡，這就是一切怪事的元凶。但我不可能把這種說法當眞。況且，其中也有矛盾之處。

「確實，如果是生物武器被丟進河裡，不可能花上好幾年才流到下游。」昇說。

「況且，因怪談而死的人，死因包括土石流、火災和自殺。如果原因是眞實存在的生物或化學物質，不可能會這樣。」

我們聊天的期間，昇繼續開車。寬闊的國道兩側有居家賣場、大型書店、家庭餐廳等等，與中央道路的交流道相連，形成了一個鬧區。

「之前我傳給妳的怪談清單裡，應該也有稻里周邊的怪談，妳看了嗎？」

「昨天離開旅館前看過了。」

二〇一二年，流入狗龍川的排水路出口的隧道附近，發現一具小女孩的遺體。女孩從幾天前就下落不明，家人報案失蹤，請求協尋。調查之後，發現死因是喝下大量的水，警方認爲是在河裡溺死，是一起意外死亡事件。

然而，那個排水口所在的地點，從以前就有奇妙的傳聞。有人說，隧道內部棲息著某些生物。

「前天我想找當地人打聽排水口的生物的事，結果在站前遇到的一群高中男生說他們知道。他們告訴我，上了小學以後就漸漸很少聽到，所以是在二〇〇九年到二〇一一年之間流行的傳聞。」

昇在路邊發現漢堡店，理所當然地切換方向盤，駛入得來速車道。我刻意不提這件事，催促他繼續說下去。

「他們說，以前有地下水路住著白色鱷魚的傳聞。」

「有這種都市傳說呢。是叫『下水道的鱷魚』嗎？」

「約莫是聽到那個都市傳說的人直接拿來用吧。小女孩的遺體被發現的地點也很有名，傳聞鱷魚都從那裡進出狗龍川，或是隧道深處會傳來鱷魚的叫聲，眾說紛紜。」

實際上，這一帶的氣候鱷魚應該沒辦法生存。如果小女孩是溺死，也不會是遭到鱷魚攻擊的緣故。

「倘若只是都市傳說的翻版，跟我在尋找的似乎是不同的東西。」

「這樣想就錯了。那群高中生說他們在同一地點遇過怪事。」

那些高中生當時是才剛升小學的小男孩，他們想要找出據說住在鎮上的鱷魚，某天在那條隧道前面集合。說是排水路的出口，高度也僅有一公尺幾十公分，除非下雨，否則頂多只有用水管在腳邊灑水般的水流量而已，因此男孩們輕易就進去了。

男孩們想要深入探索水路，但才走進去三、四公尺，陽光就照射不到，陷入完全的黑暗。雖然是來探險的，他們卻沒有帶手電筒，無法繼續前進。

「喂～！」有人大喊。很快地，深處傳來回音。可能是覺得這樣很好玩，他們七嘴八舌喊出各種內容，享受反彈的回音。

「不知不覺間，回音變得比他們發出的聲音還要多。」

「什麼意思？」

「傳來沒有人說過的話，還有不知道是什麼的金屬般的聲音，最後甚至聽到同一個人的名字好幾次。所以他們突然害怕起來，逃回家了。」

「那難道是死掉的女孩的名字？」

「不曉得。他們說想不起具體是什麼名字了。」

但在這個時間點，條件算是完全符合。神祕死亡、從河裡現身的某物、意義不明的話。想到這裡，我忽然發現一件事：

「依他們的說法，確定那是在叫某人的名字嘍？」

「唔，會是這樣呢……啊！」

昇好像也發現了。

「之前的怪談都聽不出在說什麼，意義不明。可是，在這個怪談裡，那東西是在喊人的名字。這種模式——」

「這麼說來，是第一次。」昇說。

不，應該不是第一次。我更進一步回溯記憶。

「在部落格看到的大安國寺流傳的怪談。」不，其實寺院的傳說不是這樣的內容。「和尚與怪魚對決，怪魚叫了和尚前世的名字的那個故事。」

聽我這麼說，昇也想起來了。他一邊開車，一邊思考其中的意義，半晌後開口：

「意思是，男孩們在隧道裡聽到的，也是某人前世的名字嗎？」

「如果要塑造成怪談，就會是這樣吧。」

或者，當時在場的男孩當中，有人被呼喚了前世的名字。但一般不可能知道自己前世的名字，才會不曉得是在叫誰。

「那麼，是這麼回事嗎？住在這條河的神祕存在，會用前世的名字叫喚我們。然後，被叫到名字的人會死掉。」

「可是——」小金難得插口。我們說得一副相信眞的有怪物存在的樣子，或許她聽不下去了。「既然說是前世，不就代表死過一次了嗎？爲什麼聽到前世的名字，會再死一次？」

我不禁沉默，想不到有什麼理由。其實，說人死於詛咒或作祟時，就十分矛盾了，或許去深思也是白費工夫，但總覺得不太能釋懷。

車子駛出市區，朝山區前進。穿過果樹園，經過許多高爾夫球場和滑雪場的招牌。來到蓊鬱的森林緊鄰著道路的地區時，在樹木間瞥見像小木屋的雙層樓建築物。

「那就是我住宿的招待所。」

「這樣說來，那裡就是淺沼村？」

「正確地說，這裡已在他們的土地範圍內了。」

進入停車場後，我們下了車。以宗教團體的村子而言，這停車場相當氣派。一問之下，昇說除了招待所以外，還有蔬果和乳製品的直銷處，以及打蕎麥麵體驗活動的設施。

「我以爲會是更封閉的地方，沒想到這個團體意外地很融入世俗。」

「發起那些偏激的行動，已是幾十年前的事。村子裡只剩一些就像老嬉皮的長者而已。」

昇說著，朝村子中心的反方向走去，我和小金跟上。來到停車場外圍時，昇指向遠方：

「看得到嗎?那邊有一條小河。」

停車場邊緣是高台的斜坡，可從上方俯瞰稻里市中心所在的山谷。流過山谷最底部的是狗龍川。從那裡開始，梯田擴展到山腳邊。昇指的是梯田中間像裂縫的地方。聽到那裡有條河，看起來確實也像是如此。

「那是脇川。大概是是從狗龍川旁邊流過來的，所以叫脇川。」

「那條河怎麼了嗎？」

「那條河經過稻里市內，流入狗龍川，會合地點就在傳聞有白色鱷魚的隧道上方。」

我猜出昇想要說什麼了。

「換句話說，原因可能不是出在狗龍川的上游，而是這條河嗎？」

確實，原因不一定就在主流的某處。從機率來看，推測是從無數的小支流中的某一條流進來的比較自然。

然而，這個推測有個相當大的缺點。

「可是，要怎麼判斷原因是出在這裡，還是主流那裡？」

「這就是重點。」昇搔了搔頭，「說起來，究竟要找到什麼，才能說它是一切的源頭？」

這個問題我也想過。假設有人在河裡溺死，要塑造成怪談，可說成是此人的怨靈作祟，禍及下游，爲其安上一番道理。但愈往上游，事件及事故應該會愈多。若是這樣，說穿了，原因是哪一個都沒差。

「小金，妳覺得呢？」我問。

那天晚上，我答應要爲了小金，確認世上沒有詛咒存在。只是，要證明某種事物不存在，比證明其存在更困難，也就是所謂的「惡魔的證明」。「沒有外星人派」，絕對贏不過「有外星人派」。因爲「沒有外星人派」必須調查完宇宙的每一個角落才能如此斷定，然而「有外星人派」只需要等待外星人某天突然造訪地球就行了。

如此一來，終點只能由小金來決定。她能接受嗎？還是不能？不管怎樣，只要找到足以讓她信服的事物就行了。

小金稍微想了一下說：

「我覺得不用擔心。因爲一旦找到，就會知道了。」

聽到這句話，不知爲何我恍然大悟。因爲這個答案，最接近我內心的回應。

「說的也是。」

聽到我的回答，昇也點了點頭。這是一路追查至此的我們眞實的感受。我不知道這是單純的直覺，還是無法訴諸言語的推論，總之，如果找到的是這一連串故事的源頭，不管那是什麼，我確信我們一定能辨認出來。

回到停車處，我說第一步應該確認一下，脇川的流域是否有類似的怪談。如果有的話，接下來只要找出根源就行了。若是沒有，就回到狗龍川，繼續溯河而上。昇同意我這個想法。

「其實，我已向村子裡的居民，還有來幫忙的團體成員打聽過，但沒聽到類似的內容。」

「那就是希望渺茫嘍？」

「倒不盡然。那個網站上不是提到，有兩個地名必須留意嗎？一個是這裡，淺沼村。然後，從這裡再往山上走，還有一個時任村。」

我用手機的地圖應用程式搜尋了一下。輸入「時任」這個地名，該地冒出了圖釘，似乎比這裡更深入山林。近旁有條水藍色細線，引起了我的注意。

「時任村也有河川嗎？」

「對，倒不如說，那座村子就建在脇川河畔。」

我們再次坐上車子。在路上，昇爲我們簡單介紹接下來要前往的時任村。

位於稻里市的友緣會，原本據點只有淺沼村，當時單純地稱爲「稻里村」。全盛時期，有上百人在那裡生活，由於地狹人稠，便在約五公里外的時任建設第二座村子，稱爲「時任村」。

「不過團體規模日漸縮小，似乎愈來愈難同時經營兩座村子。」

「那麼，時任村變成廢墟了嗎？」

「聽說現在附屬於淺沼村，作爲休閒用途。那裡有棒球場和網球場之類的設施。」

離開淺沼村的停車場後，車子在森林裡行駛了一段路，不知不覺間，道路旁邊出現河川。這似乎就是胇川。是一條小孩子也能涉水而過的小溪，應該有許多鯽魚和大肚魚，感覺不像有怪魚潛伏其中。

不久後，昇看著前方說「就是那一帶」，但我看不出什麼名堂。河邊並排著空地和休耕的田地，其間零星建有像倉庫的小屋。看上去無法區分哪些是團體的設施，哪些是周邊的農地。

「果然是廢墟嘛。」

「唔……」

我們姑且下車四處走走看看，只見空地正中央插著一根生鏽的金屬棒。

「那應該是網球場，可是長滿了雜草。」

脇川蜿蜒流過時任村的土地。河彎內鋪滿碎石，形成一座小廣場。我們剛要走下去，後方突然有人出聲：

「你們是哪裡來的？」

回頭望去，一名穿工作服的中年男子正看著這邊。

「啊，不好意思。」昇應道。「我們住在淺沼村，聽說這裡可以打網球，便過來瞧瞧。」

聲稱我們都是住客，是爲了省事吧。不出所料，男子似乎接受了我們的說明，露出抱歉的表情說：

「不好意思，以前這裡有在維護，但現在變成這樣……」

男子說他原本住在淺沼村，覺得村子的團體生活很不自由，所以搬走了。不過，他仍是會員當中最年輕的一個，每個月有幾天會來這裡除草，幫忙修繕。

「抱歉，我們擅自跑進來。」

「不會，沒關係啦，也沒什麼怕被弄壞的東西。你們是從東京來的嗎？」

「是的。」

「哎，要是有更多年輕人願意來度假就好了，無奈這裡什麼都沒有。」

「河的上游沒有露營區或滑雪場之類的嗎？」

「沒有耶。從這裡再往上游去，就完全是一片山地了，道路也禁止通行。」

我望向昇，他搖搖頭。看來，這裡不是我們要找的地點。回去狗龍川，往那裡的上游尋找比較好吧。我們向男子道別，準備離開時，男子忽然低語：

「這麼說來，大概十年前吧，流傳過一個奇妙的傳聞。那時候來了很多像各位這樣的年輕人。」

「傳聞？」我忍不住追問。「怎樣的傳聞？」

「不是什麼好的傳聞，說什麼有怪物出沒，有人因此失蹤……」

我倒抽了一口氣，很想抓住男子的肩膀搖晃，問個一清二楚，但總算克制下來。

「如果方便，可以告訴我們詳情嗎？」

☘

回到稻里市區，我們隨便找了間家庭餐廳，挑了桌位坐下來後，各自打開筆電或平板。花了約三十分鐘，我就找到了。

「眞快。」昇說。

「因爲我國中的時候天天都在看這種東西啊。保管庫和事件整理網站。」

網路留言版和論壇上，隨時都有五花八門的話題受到討論。其中如果有特別熱門的話題，就會有人把貼文蒐集起來，整理在一個網站上。尤其是超自然相關的話題，經常會有遭遇靈異現象的人即時在留言版報告當下的經歷，把這些貼文依時序整理得容易閱讀的網站非常方便，我經常利用。

「這也是其中之一嗎？」

昇和小金分別用瀏覽器打開了我找到的網站。我們暫時各自瀏覽內容。

留言版上第一則留言的日期，是二〇〇八年九月，距今約十二年前。當時我十四歲，正是熱中追蹤超自然類網站的時期。這麼一想，我居然從來沒看過這個網站，實在有些匪夷所思。

「會是看過但忘記了嗎？畢竟有那麼多類似的東西。」

「那個時期很流行呢，在網路上文字直播靈異體驗。」

「附近山上好像有奇怪的建築物，我過去看看」——在留言版開討論串的人，在開頭如此寫道。討論串就像是留言版當中，依不同的話題開設的小房間。這個討論串所在的留言版，類別是日常生活話題，一開始的貼文，感覺也像是無害的閒聊。

由於開頭說山上有奇怪的建築物，底下有人接著問，是廢墟嗎？是廢村嗎？還是什麼不正經的設施？開討論串的原PO繼續貼文，回答這些問題。我聽我哥說的，不曉得是什麼，孤零零地建在什麼都沒有的山上，搞不好是軍方研究所。

底下的反應幾乎都是：「不可能有這種建築物，只是普通的山中小屋吧？」或是認爲這個討論串本身就是一種玩笑，湊熱鬧地回覆：「我知道那是什麼」、「那裡很危險」、「我看到貼文，已密告該單位，你要被消失了」。

接下來，原PO頻繁貼文。有人詢問建築物所在的地點，原PO沒有答覆，但寫下一些提示。綜合這些提示，大概可以猜到是在長野縣。

原PO是第一次造訪那裡，寫下「附近有新興宗教的設施，可怕」、「搞不好有信徒在監視我」、「設有禁止進入的柵欄，車子進不去」等等，逐漸逼近目的地。

讀到這裡，昇喃喃道：

「是在說時任村。」

我也同意。據說道路深處有禁止通行的地點，折回這裡之前，我們一起確認過狀況。途中變成撒滿碎石的未鋪面道路，盡頭有一道漆成綠色、類似大門的柵欄，中間用鎖鍊纏繞起來，掛著一個巨大的鎖頭。在地圖上查看，脇川上游似乎是電力公司的土地。

討論串中，原PO留下一行「好像不能再前進了」，上傳了當時的柵欄照片。由於是十二年前，大門本身看起來還很新，但「注意高壓電流」等警告標語和現在一樣。

原PO沒有詳述如何突破柵門，但似乎繼續往深處前進了。原PO上傳了別的照片，是流過森林的一條小河。布滿青苔的岩地感覺很清涼，若是單看這張照片，就像是登山郊遊途中尋常可見的風景。

然而，從這張照片開始，討論串的氛圍變了。因爲照片角落拍到疑似人類手臂的東西。把照片放大檢視，確實有狀似手臂的白色影子，看起來就像從河裡的岩石後方伸出來的。

「是靈異照片。」

「可是，這是不是有點奇怪？」小金說：「河裡這塊岩石應該非常小吧？」

小金這麼指出，我再次端詳，確實很小。可能是用伸縮鏡頭拉近拍攝，乍看之下像一條大河，但如果這是脇川的上游，河面寬度應該不到兩公尺。那麼，這塊岩石頂多只有三十公分高，而這條手臂的長度，更是不到岩石的一半。

「是嬰兒的手，或是人偶的手嗎？」

「意思是造假的？」昇說。

因爲有靈異照片登場，出現自稱有陰陽眼的人，用自己的方式進行「靈視」等等，討論串變得異常熱鬧。由於有人指出照片拍到怪東西，原PO似乎也發現了，但他沒有害怕的樣子，繼續溯河而上。

這時，原PO又看到奇妙的東西，描述距離河流不遠處，有一塊寬闊的空地，空地上有一棟混凝土建築物。其他網友立刻反應，吵著要原PO上傳照片。

照片很快地上傳了，但和先前的兩張比起來，不知爲何非常模糊。照片中央一帶勉強看得出一棟像骰子的方形建築物，隱隱約約地浮現在那裡。

這一定就是那棟建築物——原PO這麼寫著，但這裡是電力公司的土地，按常理推測，應該是管理電氣設備的建築物吧。

「再靠近一點」、「進去裡面看看」、「很危險，快點折返！」不負責任的煽動和勸告混成一團，令人期待高漲。然而，過了一個多小時，不知爲何沒有任何新的回報了。一定是出事了。正當每個人都這麼想的時候，唐突地出現新的、而且是最後一次的留言。先前都只是回覆一、兩句，最後一則卻相當長，文字也有些雜亂。

拍完照片後，原PO似乎應眾人的期待，靠近混凝土建築物。門口上了鎖，但有一道窗，可窺看裡面。那是一個空無一物的正方形房間，中央插著一根粗木棒，像柱子一樣矗立著。不知爲何，柱子頂端用釘子釘著一個沒有五官、疑似白色人偶的東西。

這時，有人從背後呼喚原PO的名字。回頭望去，卻沒有半個人影。原PO想到，這種地方不可能會有人知道他的名字。

原PO心生害怕，立刻離開建築物，沿著河邊折返，忽然看見河裡有白色的東西在蠕動。是柔軟的塊狀物，看起來像人，也像是魚。那東西突然挺直上身，轉向原PO。接著，那東西宛如鬆弛皮膚的表面倏地龜裂，從開口處傳出刺耳的怪聲，彷彿叫喊著什麼。

原PO立即拔腿狂奔，不知道自己往哪裡衝、跑過哪些地方，回過神時，已在深山的某處。那尖銳的聲音、叫喚自己名字的聲音，還有爬來爬去般濕答答的聲音，仍不斷迴響著。救救我，手機電池快沒電了——文章結束在這裡。

讀完之後，我們陷入沉默。

該如何咀嚼消化才好？我一陣迷惘。我沒想過真的走到這一步時，該怎麼做才好。在心中某處，我一直懷疑應該什麼都沒有。然而，它卻以如此明確、不動如山的形式出現了。

這段沉默感覺漫長極了，但實際上應該只有五分鐘左右。最後，我下定決心開口：

「就是……這個吧。」

昇和小金都默默點頭。

「從河裡出現的白色物體，呼叫目擊者的名字，然後，這個人恐怕死了……」

這裡就是發源地。我強烈地這麼想。

一小時後，我們再次來到那道門前。時間是中午過後，但隔著柵門，另一頭卻感覺卻一片陰森。我靠近柵門試著推動，門卻文風不動。鎖得如此嚴實，推不動是理所當然的。

「可是『小強』輕易通過了。」

「小強」是其他網友爲失蹤的討論串原PO取的綽號。那個留言版的特色是，幾乎所有的用戶都不會輸入網路暱稱，而是匿名留言，原PO也沒有使用特定的名稱。不過有人問他家庭成員時，他說「我跟小強同居」，網友覺得好玩便如此稱呼他。

「不是說這件事出名以後，常有人跑來探險嗎?所以才會加強管理吧。」

小強消失後，網友靠著他留下來的線索，搜出地點。因爲原PO已暗示是在長野縣南部，馬上就查到是在稻里市。後來沒多久，疑似當地人的網友便提供友緣會和時任村的情報，查出了這個地點。

如果大門進不去，或許可以從旁邊繞過去。旁邊有脇川流過。柵欄雖然一路延伸到河面上，但水中似乎沒有。最糟糕的情況，鑽過河底就能進去了。不過，這是最後手段。

結果小金出現在門的另一頭，我和昇驚訝地對望。

「妳是怎麼進去的？」

「這邊。過來。」

我們跟著小金走，來到柵欄最邊緣的地方。山坡有一部分用石牆鞏固起來，那裡連接柵欄的終點，但因爲不是完全密合，出現了一些空隙。相對於斜坡，柵欄是直的，因此呈現倒三角形缺口，稍微一爬，身體就能鑽過去。

我勉強鑽了進去，但昇苦戰許久。實在沒辦法，我再次出去，從後面幫忙推，總算把他塞進縫隙裡。

「要是能活著回去，我會減肥的。」

「少烏鴉嘴了。」

我笑道，但如果這裡就是目的地，或許也不完全是玩笑話。在我們的想像中，十二年前發生在這裡的事，就像礦毒污染那樣，流進脇川，注入狗龍川，將接觸到的一切變成死亡怪談，直至大海。如果這是眞的，就是遠遠超乎想像的駭人作祟。

三人都下去柵欄另一頭後，重新往道路前方走去。門外的道路還鋪著碎石，但這一側連碎石都沒有，只有稍微被踩實的泥巴路往前延伸。我想起先前遇到的男子說，再過去就完全是山地了。

「那討論串說沿著脇川往上走，就會發現空地，對吧？」昇說。

「還有神祕的建築物。」

「先找到它們吧。」

然而，走沒多久，我就喘得上氣不接下氣了。這根本不是通往設施的管理用道路，而是不折不扣的登山道，車子不可能進得來。若是如此，建築物是爲了什麼而存在？

「對了，丹野小姐。」

「什麼？」

「小強最後提到，有東西在叫他的名字，對吧？不是前世的名字。」

這麼一說，是這樣沒錯。這邊的內容確實比較單純。

「該怎麼解讀才好？」

「這個嘛……首先，那個和尚的傳說，是把怪魚的話題與既有的傳說結合而成，所以前世的名字之類的事，和正題無關，這是一種解釋。」

「妳說是一種解釋，那還有其他解釋嗎？」

「只是想像的話，要怎麼猜測都行啊。比方說，我想想……你知道『一人捉迷藏』吧？」

「知道。小金有拍影片上傳，對吧？九十九個娃娃同時版。」

我不曉得昇連這種影片都會看。雖然他這副態度，其實對小金有意思嗎？總之，我接下去說：

「一人捉迷藏的做法當中，有個步驟是喊著布偶的名字，用刀子刺布偶吧？我覺得會不會跟這個一樣。」

「也就是在咒術的意義上，確認要殺害的對象嗎？可是，那前世的名字又是什麼？」

「從那個傳說的描述來看，和尚應該是壽終正寢吧。可是，前世是怎麼死的呢？」

「……啊。」

「那篇故事裡，怪魚知道和尚前世的名字……這是否也就是在暗示，和尚在前世是被怪魚殺死的？」

邊走邊說，我快喘不過氣來了。若是郊遊踏青，還能欣賞一下風景，重振精神，偏偏這裡沒有那種美景。不過，我還是留意著脇川的流向，以免迷失歸途。要是遺漏了支流或分歧，很有可能會誤闖奇妙的地方。我這麼想著，留心觀察，漸漸覺得不太對勁。哪裡怪怪的。

然後，我發現了。

「欸，那張靈異照片。就是有手從河裡冒出來的照片。」

「那張照片嗎？這麼說來，那是在哪裡拍的？」

「倒不如說，那是別條河吧？」

昇一驚，停下腳步。他取出手機，好像在查看照片。我也想這麼做，但收不到訊號。我正要把手機收回口袋，忽然想到一件怪事。十二年前的收訊狀況應該比現在更差，小強怎麼有辦法持續在留言版上實況報導？

昇似乎預先下載了照片檔案。他直接把照片跟風景比對。

「確實不一樣。這張靈異照片的河整體被青苔覆蓋，長了許多草。可是，眼前這條河幾乎沒有青苔，河岸地面的泥土也是裸露的。」昇轉頭看我。「是季節不同的關係嗎？」

「八月和九月，差不到哪裡去吧？而且附近生長的樹木是不是也不一樣？」

「妳這麼一說……」

環顧周圍，我們所在的地點生長的樹木，幾乎都是杉樹或針葉樹，筆直的褐色樹幹一路延續到森林深處。但照片上的森林，樹木種類更豐富，樹形婀娜的闊葉樹參差出現其中。

「瞧，根本是不一樣的河。」

「啊，丹野小姐。」

「什麼？」

我朝昇指的方向望去，看見小金的背影。我和昇在討論的時候，小金不停往深處走。我們連忙追上。不管這是哪裡，總是在深山裡，分頭行動太危險了。

從留言的時間計算，小強突破柵門，到接近建築物，需要三十分鐘左右。這段期間他拍了照片，回覆留言等等，實際行走的距離一定更短。

我們進入山路以後，走了超過二十分鐘。但放眼所見，只有脇川細小的涓流、土色的路，以及枯燥的針葉樹林。別說建築物了，連廣場都沒個影子。

突然間，小金停下腳步。我追上去，想問「怎麼了」，小金回過頭來。她的表情複雜萬分。

「河……」

「咦？」

這時，我也看到了小金目睹的景象。

「河到盡頭了。」

出現在我們眼前的，是一條細長的瀑布。雖然不到懸崖那麼高，卻是相當陡峭的斜坡，約中央處有道岩石的裂縫，清澈的水從裂縫間強勁地湧出。流出的水積在斜坡下方，形成一窪小水池，接著從那裡匯聚成小溪往下流去。是我們一路溯源而來的河流。

也就是說，這裡是最深處了。

我和昇還有小金，怔愣地看著那條瀑布好半晌。沉默中，清涼的瀑布聲將我們的疲憊與困惑一起沖刷殆盡。片刻後，昇說：

「討論串沒有提到瀑布。」

「要爬到這裡，至少得花上一小時，跟留言時間矛盾了。」

「難道是我們有所遺漏？」

我和小金，當然還有昇，其實都明白不是這樣的。森林裡視野相當開闊。夾著脇川形成山谷的這個區域，沒有任何會讓人錯過瀑布的岔路。

「或許建築物位在從河邊看去是死角的地點，像是斜坡後方。」

爲了驗證昇的假說，我從面對山頂的斜坡右側，昇從斜坡左側爬上去。從坡上環顧四下，沒看到任何人工建築物。

我在瀑布那裡和昇會合。他氣喘如牛。看來，我們都沒有在山間上上下下四處尋找的體力，而且還有靈異照片的問題。

「是我們找錯山了嗎？其實是發生在其他地點，而我們誤以為是這裡……」

「可是，依柵門的照片看來，確實就是這個地方。所以小強應該去過門那邊。」

「那麼……」

「到入口是眞的，但上山以後，全是假的。」

小金這麼說。不是打趣或調侃的語氣，像是平鋪直敘地說出事實。

接著，我們折回原本的道路。沒有被白色的怪物追趕，也沒有被呼叫名字，平安地回到了柵門處。

坐上車子，喘了一口氣，小金吐出最後一句話：

「所以，這裡什麼都沒有。」

# 四、結果那裡什麼都沒有

我做了個令人憂心的夢，睜眼醒來。時鐘顯示還不到早上六點。即使閉目躺著，感覺也無法再次入睡。我知道是剛才的夢害的，卻無法憶起是怎樣的夢。

我避免吵醒在一旁發出鼾聲的小金，悄悄離開床上。洗了臉，回到客廳時，想起了剛才夢境的一部分。河裡有好幾隻人面魚，同時轉頭盯著我看。很恐怖的夢。

從追查魚的怪談之旅回來後，過了一個月以上。昇仍一點一滴地繼續調查那個怪談，但我已興趣全失。小金應該也一樣吧。好一陣子都沒聽小金提起那件事，或許她根本忘記了。

我們千辛萬苦潛進的那座山上，沒有奇妙的白魚，也沒有擺放著詭異人偶的可疑建築物。只是一座平凡無奇、布滿杉樹的小山。雖然有清澈的河流、還算美麗的瀑布，但也就是這樣而已。

回到旅館後，我重新細讀留言版的紀錄。網友稱爲「小強」的作者失蹤後，出現幾名好事之徒，潛進了那座山裡。當然，應該也有根本沒去卻宣稱去了的人，但大部分都眞的去到那裡，遇到和我們相同的事，也就是什麼都沒發現。

查看網路上的航空照片，那座山上根本沒有廣場或建築物。從一開始就沒有讓小強碰到可怕遭遇的神祕設施。

我又調查了一下，找到詳細分析小強拍到的照片的網站。網站上寫著，一開始上傳的柵門照片是眞的，但剩下的兩張照片，是完全不同地點的照片。

根據分析，河裡有疑似人手的照片，從拍到的植物等等來看，應該是標高比長野縣更低的溫暖地區拍的照片。據稱拍到神祕建築物的照片太模糊了，什麼都看不出來，但調整明度和彩度後，發現後方有像是高樓的景物。也就是說，那不是在深山拍的，而是在某個市區拍的照片。

這些疑點，當時留言版上的網友也發現了。隨著愈來愈多實地造訪的人回報，小強的分享失去了可信度。但仍有極少數的人相信小強的經歷可能是眞的，或者只是單純覺得好玩，進行著漫無目標的搜索。

這麼說來，吉澤提過類似的事。他說大約十年前，有段時期，狗龍川流域興起探訪靈異景點的熱潮。那或許就是前來確認小強事件眞假的網友們。

後來，過了快一年，某天同一個留言版上突然出現自稱小強本人的人。不過，那是匿名留言版，無從確認眞假，只是那個人如此自稱罷了。

那個人寫著，他從哥哥那裡聽說那個地點有奇妙的傳聞，到這裡爲止都是眞的。然後其實他哥哥也去過那裡，遇到奇異的事。小強是把哥哥的經歷大量加油添醋，利用網路撿來的靈異照片，以及看起來很詭異的建築物照片，捏造出虛構的冒險。這就是整起事件的眞相。

當時，網友們的反應自然是半信半疑，若要說的話，幾乎所有的網友都很懷疑。畢竟沒有證據可證明貼文者就是小強本人，即使眞的是本人，想要帶風向說照片是假的，但事情是眞的，這未免太方便了。連他是不是眞的有哥哥都十分可疑。

由於那個人沒有繼續貼文，此事就這樣眞假不明地無疾而終。後來也有數不清自稱「我就是本人」的貼文，但未能揭露事件眞相，日後留言版所在的網站關閉，轉移到別的伺服器，便再也沒有人提起這個話題。

「會不會只是不是脇川而已？」

從山上回來，隔天早上在飯店前面會合的時候，昇開口就這麼說。

「眞正的水源地，或許在狗龍川更上游的地方。我們去看看吧。」

但我們知道，雖然昇這麼說，其實他自己也不相信。

在家庭餐廳讀到失蹤事件的始末時，我們確信這絕對就是源頭。仔細想想，我們一直受到神祕的力量牽引。釣到就會害人死掉的魚、河童池的怪談、萬十堂的怪談，彷彿希望被找到，只要遇上瓶頸，就會出現新的線索。所以，絕對就是那裡。

時任村的深處、脇川的最上游，那裡有什麼名堂？除了那裡以外，沒有其他地方了——如果眞的有什麼的話。

那天我們四處打聽，花了一整天去到狗龍川主流的水源地東神湖。然而，那裡找不到任何相關的線索，真的一絲半毫也沒有。

我和小金在那裡和昇道別，搭上前往新宿的特急列車回家。這段期間，我和小金熱烈討論著一些雜七雜八的話題，但一次都沒有提到魚的怪談。

有種「這下總算可以結束了」的心情。雖然不是什麼大快人心的結局，卻也了無遺憾。總之，了結一樁心事。

後來，一個月過去。

我一樣做著怪談師的工作。由於不再追逐有人死掉的怪談，我想過是否該放棄這個工作，卻遭到小金的反對。她說即使沒有目標，如果喜歡怪談，就應該試著堅持下去，何況事到如今，妳也不會做別的工作了吧？

遺憾的是，小金說的沒錯。

而且，還有小金的過去的問題。她想要證明世上沒有詛咒，這個目的還不能說是完全達成了。只是這起事件碰巧是捏造的而已。雖然不知道會是什麼時候，但我想要陪著小金，直到她從過去的束縛裡解放出來。

這樣的小金，自己從無業的處境爬出來了。不，正確地說，她正在努力擺脫無業的處境。她一邊去釣魚場和將棋俱樂部，一邊也開始去參加打工求職面試。對我來說，她有沒有工作都無所謂。先前合作的出版社聯絡我，向我提出書稿邀約。雖然吉澤在業界四處貶損我，新的工作案子卻是源源不絕。如果只是小金一個人，我應該還養得起。

回家以後，我們把原本分開的兩人的臥室改爲同一間。空房間搬進書架，當作資料室。有一大堆書和雜誌一直丟在辦公室。原本是爲了空出小金的房間而搬過去，但放在家裡比較方便。

後來，昇仍到處打聽狗龍川周邊的怪談。有時候他會把找到的新怪談傳給我，詢問我的意見，但感覺都是無關的內容。他幾乎每星期都跑去長野縣，我暗自祈禱這不會影響他的學業。

我想著這些事，打開工作用的筆電，進行每天例行的郵件檢查。這時，小金睡眼惺忪地走進客廳。

「抱歉，」我說：「吵醒妳了？」

「沒事，只是想喝個水。」

她說著，走向廚房。我朝著她的背影說：

「今天的晚餐，我們一起出去吃吧。」

「咦，爲什麼？」

「慶祝妳找到工作。」

折回來的小金手上拿著水杯。

「還沒找到啦。」

「總會找到吧。先慶祝也是一樣。」

「我考慮一下。」

小金津津有味地喝完那杯水，又回去臥室了。是去睡回籠覺吧。我也開始有點睏了，但今天一早就有重要的事情待辦，不能現在又躺回去睡。我泡咖啡醒腦，忙著忙著，看時間差不多，便出門了。

來到車站前，只見松浦先生在售票機旁邊等我。

「嗨。」

「抱歉，還要麻煩你陪我。」

「這什麼話？我們是什麼交情了，我不會計較那些啦。」

我和松浦先生一起搭上電車，目的地是我的老家。不是舅舅和舅媽的家，而是我出生的家。

父母驟逝，被舅舅家收養後，原本的家就成了空屋。因爲沒有人住，賣掉應該也可以，但舅舅似乎刻意保留下來。他覺得或許有一天我會搬回去生活。

雖然結果並未如此，但那個家還保留著。對於是否賣掉，我一直猶豫不決，現在我決定出售了。我找松浦先生商量，他便把據說是老朋友的房仲介紹給我。由於得先看看屋況，所以要請房仲過去，而松浦先生願意陪同。

「狗龍川那件事後來怎麼了？」

這麼說來，回到東京以後，這是我第一次和松浦先生見面聊天。

「那是『釣魚』啦。」

「釣魚？」

「在網路上瞎掰一些內容，唬人上當的行爲。」

「哦，那個啊。簡而言之，就是被假消息騙了嗎？妳們去釣魚，沒想到自己成了被釣的魚。」

松浦先生一副「很幽默吧」的表情看著我。我沒應聲。松浦先生尷尬地清了一下喉嚨，說：

「不過，當成一場旅行就好了。」

但實在發生太多事，沒辦法單純地一語帶過。而且還有吉澤的劣行，也知道小金的過去了。我重新審視自己的人生。從這層意義來看，唔，我漸漸覺得似乎是一趟不錯的旅程。

在最近一站下車，轉搭公車約十分鐘的路程。時隔幾年踏入自家，比想像中整潔。聽說，舅舅和舅媽會定期來打掃。比我們早一些抵達的房仲，是個看起來很親切的青年。他和松浦先生在玄關寒暄「前些日子承蒙照顧了」，我便進入屋裡消磨時間。

我走到以前放祖父牌位的房間。佛壇很早以前就交給姑婆了，所以不在這裡，只有牆壁一部分留下日曬的痕跡。

我想起坐在佛壇前，和母親一起合掌膜拜的事。當時我在天花板上看到祖父的臉，害怕是祖父的鬼魂。如今回想，那應該只是做了夢，但母親爲了哭泣的我，編造出祖父回來看我的情節。一定只是這樣而已。

接著，我走到原本是一家人臥室的房間。我在兒時睡覺的位置躺下來，望向以前浮現祖父的臉的方向。白色的天花板，陽光穿透窗簾柔和地灑入，我靜靜閉上眼睛。

「喂，不要睡在這種地方。」

松浦先生一進房間就大聲說。我的思緒被打斷了。傳來拉窗簾「唰」的聲音。

「啊，這邊的籬笆也得整理一下才行。」

我睜開眼睛，想埋怨他打擾我獨處的時光。

這一瞬間，天花板上閃現一張陌生男子的臉。

「咦？」

我連忙爬起來。

「怎麼了？」

「剛才那裡有張臉……」

我站起來觀察看到那張臉的位置，但什麼都沒有，和周圍一樣，是貼著白色壁紙的天花板。可是，剛剛那一瞬間，這裡出現一張臉。由於一晃而過，不知道是怎樣的臉，但至少不是祖父的臉。

剛好看完廚房浴室的房仲前來報告，我沒心思理會他，反而問：

「你有梯子嗎？」

「呃，有的，我有帶。」

我爬上房仲搬來的梯子，湊近天花板，近到鼻子都快貼上去，仔細檢查了一番。

然後，我發現壁紙貼得並不平整。

「這裡的壁紙有點不平。」

「啊，眞的耶。可是，這點不平不算瑕疵，對估價沒有影響……」

「那不重要。」

我撫著隆起的壁紙表面，腦中浮現一個假設。

「松浦先生，手電筒借一下。」

「是是是。」

我接過筆型手電筒，原本是準備用來檢查地板底下和閣樓狀況的。我拿手電筒從各種角度照射天花板。

「果然。」

「喂，解釋一下。那裡有什麼？」

「什麼都沒有。」

「咦？」

我在梯子上變換姿勢，讓下方的人也能看見。

「你們看，天花板這邊的壁紙，像皺紋一樣隆起。」

「嗯，是濕氣的關係嗎？」

「然後，從某個角度用光照射這裡──」我打開手電筒，「瞧，很像一張臉。」

松浦先生和房仲繞到我指示的方向，頭歪來歪去，彷彿在對焦。很快地，他們異口同聲說：

「確實，看起來像一張臉。」

「啊，總算看出來了。那是眼睛，這是鼻子……哇，好有趣。」

我總算理解年幼的自己究竟遇到什麼事。

天花板的這個部分凹凸不平，依據光線照射的角度，形狀看起來宛如一張人臉。是從房間窗戶水平射入的光。白天的話，是上午某個時段的日光。夜晚的話，就是經過外面的車燈。

只要仔細查看，就會知道那只是天花板的一部分。但在某些時刻，光線一閃而過，看起來就像一張人臉浮現又消失。

那天晚上我看到的就是這個。根本不是祖父的臉，當然也不是鬼魂。年幼的我，只是看到狀似人臉的天花板壁紙皺紋，被嚇哭了。為了安撫我，母親說那是爺爺的鬼魂。為了說服自己，我接受了母親的說法。不知不覺間，在我的記憶中，浮現在天花板上的就成了祖父的臉。

所以，這裡什麼都沒有。我和母親一起，在普通的天花板上創造了一個怪談。我和祖父以及母親的怪談。

這樣的情況，或許俯拾皆是。每個人都想相信某些事。有某些想要相信的事，追尋著讓自己去相信的理由。我是如此，小金亦是如此。重要的人死了，我們卻沒有死，我們在尋找其中的理由。

「我失陪一下……」

我對松浦先生說道，盡量不讓他看到臉，離開房間。進入廁所上了鎖，我無聲地哭泣。我總算理解到父母過世之後，我到底想要做什麼了。

我在尋找的，不是有人死掉的怪談，而是讓我明白親人死去之後，只有自己一個人活下去也沒關係的怪談。

☘

我自以爲神不知鬼不覺，但事後照鏡子，知道不可能沒被發現。看到眼皮紅腫、到處脫妝的臉，就知道我哭過了。

但松浦先生什麼也沒說。他只說有家好吃的蕎麥麵店，把我帶去，請我吃天婦羅蕎麥涼麵。

吃著蕎麥麵，我將剛才的發現告訴了松浦先生。小時候的神祕體驗，以及眞相。聽完後，松浦先生一副百感交集的樣子，深深地點頭。

「這麼說來，我也聽律師朋友說過類似的事。」

「類似的事？」

「死掉的奶奶出現的事。」

以前有名青年涉嫌竊盜，遭到逮捕。他沒有工作，但直到一年前，都在照護服務公司上班。他涉嫌入侵當時服務對象之一的老奶奶家，盜取金錢。

「但本人否認犯案。他說是辭掉工作，經濟陷入困難，所以請交情很好的老奶奶借他錢而已。」

「可是有問題，對吧？」

「是啊，問題是時期。他剛辭掉工作不久，那位老奶奶就過世了，不可能借他錢。」

警方指出這個矛盾，青年便陷入沉默，什麼也不說了。負責替他辯護的律師無論如何都想知道眞相，千方百計地問：你跟老奶奶是怎麼碰面的？當時是什麼狀況？

「結果青年的回答實在離奇。他說深夜經過老奶奶家附近，忽然想到這裡是老奶奶家，探頭看了一下，發現老奶奶站在窗邊，向他招手。」

青年覺得奇怪，但還是從後門進入庭院，走到老奶奶的房間。接著，老奶奶從掛在牆上的裱框畫後面取出裝了錢的信封，交給青年。聽完之後，律師半信半疑地前往被害者家確認事實。

「令人驚訝的是，青年描述看到的老奶奶身上的服裝，和老奶奶倒在自家過世時的衣著一模一樣。裱框畫後面藏著錢的事，家人都不知道。」

「也就是說，是老奶奶的鬼魂請青年進去，拿錢給他。」

「是這樣呢，眞是溫馨的佳話。」

我點點頭，說「不過很遺憾，恐怕並非如此」。

「畫作後面藏著錢這件事，只是青年一個人的說法。搞不好錢其實藏在別處，也可能是他在本人生前聽說的。」

「或許吧。可是，服裝要怎麼解釋？」

「青年知道老奶奶常穿哪些衣服吧？既然是需要照護的老人家，應該不會頻繁買新衣。」

松浦先生交抱起手臂，低吟了幾聲：

「可是，刻意編造出這種內容，又能如何？說是鬼魂主動拿錢給他，在法庭上也不可能被採信，連律師都不信。」

「那是先入爲主的想法。」我不想用吉澤那套說法，但沒辦法。「事實上，律師不是特地去找家屬確認了嗎？俗話不是說，愈是自己辛苦得到的資訊，人愈是深信不疑嗎？」

「可是啊……」

松浦先生似乎無論如何都想要帶到「這是鬼魂所爲」的結論。看著這樣的他，我忽然想起過去，忍不住笑了出來。

「笑什麼？」

「不是啦，只是想到以前我們在舅舅家爭論過一樣的事。不過，那時候吃的不是蕎麥麵，而是麵線。」

「啊，我記得。從那天開始，妳願意跟我說話了。」

「記得那時候我也說了一樣的話。說你相信有鬼魂，才會什麼事看起來都像是鬼魂幹的。」

結果松浦先生忽然回一句「這麼說來，那件事也是」。

「哪件事？」

「就是預設立場不好的事啊。喏，妳不是要我查有沒有遭穿刺致死的命案嗎？」

我想了好一陣子，終於想起來。很久以前，我和小金一起去過穿刺人偶森林。相關的傳聞中，有一則是在森林惡搞的人被一群人偶找上，身體遭到穿刺慘死。當時我請松浦先生幫忙查是否眞的有這樣的命案。

「可是你說沒有這樣的案子吧？」

「哦，那眞的是先入爲主的想法害的。妳說是晚上睡在床上的人被人偶找上門，所以我一直以爲是在床上被刺死的。」

我正要一口咬下炸蝦，又放回盤子：

「等等，難道不是嗎？」

「實際上，眞的有人被刺穿頭死掉的案子，不過地點在山中。」

「聽起來像是跌倒被樹枝刺死。」

「不是樹枝，是更粗的、像圓木一樣的棒子。棒子從下巴穿過腦門，到底是誰、怎麼辦到的都不清楚。據說在警界是相當有名的神祕事件。」

聽到這話，我已沒心思吃什麼天婦羅了。

「地點在哪裡？」

「等我一下……」

可能是沒想到我會如此起勁吧，松浦先生匆匆取出記事本。根據資料，發現遺體的地點在長野縣的山中。我和小金去過的穿刺人偶森林位於北關東，因此說遠算遠，說近也算近。

「案子是哪一年發生的？」

「昭和五十六年……也就是一九八一年。」

很久了。穿刺人偶森林成爲話題，應該是網路普及以後的事，但也有可能在不爲人知的地方互相關聯。

「這件事得再仔細調查才行。」

「怎麼，妳不是不再追查這類事情了嗎？」

我是不需要了，但小金還需要。我得找到會害死人的詛咒，證實根本沒有這樣的詛咒。釣到就會害人死掉的魚的怪談已結案，但如果還有其他類似的怪談，不能置之不理。

我請松浦先生把調查到的穿刺死亡屍體事件的詳情全部告訴我。我說最近可能會再去長野縣，結果松浦先生說務必找他一起去。聽到我們開車進行的狗龍川溯源之旅，他對這類旅行萌生了興趣。再約吧，我如此回答。

松浦先生還有別的事，我們在車站道別。接著，我打電話給昇。後來他有時會把調查的進展告訴我，但這是我第一次打電話給他。

接電話的昇，聲音聽起來有些疲累。

「丹野小姐嗎？抱歉，我這邊還沒有……」

「噢，不是魚的事，是別的怪談。這個怪談感覺有希望，所以想問你要不要換個目標。」

我先這麼說，接著把從松浦先生那裡聽來的內容告訴昇。穿刺人偶森林的傳聞、相關的怪談，以及真的有人死法與傳聞中的描述相近。我說到這裡，昇總算湧現興趣。

「長野縣這個地點，頗讓人在意。原版的穿刺人偶森林，我記得是……」

「沒錯，地點不同。雖然是可以當日來回的距離。」

「搞不好這次也跟魚的怪談一樣。」

「一樣？你是指怪談會移動這一點嗎？」我感到有些奇妙。「可是，這次的又沒有河。」

「重點就在這裡。我想說的是，為什麼有河，移動就是天經地義的呢？」這麼說也沒錯。細節有微妙差異的怪談，一邊移動，一邊傳播的現象，應該是難得一見的。不管有沒有河，這一點都不會改變。

「蒐集到的怪談裡，有些地點只是在河邊的飯店或大樓。所以我認為，或許狗龍川的存在本身，與這件事本質上並沒有關係。只是我們沿著河流追查，才會覺得狗龍川一直都是重要元素。」昇說。

「意思是，如果我們是循著不同的路線追查，應該也會有與河流無關的怪談？」

「事實上，最後的怪談就是如此吧？那是建築物和人偶的怪談，跟河不太……」

我和昇約莫是對同一個詞起了反應，不禁頓住。

「人偶？」

我從記憶深處挖出留言版上的歷險細節。後來被稱爲「小強」的討論串原PO，在脇川的上游發現奇異的建築物。從窗戶往裡面看，發現屋中有一根柱子，前端釘著一個人偶。

「欸，」我說：「如果這兩個故事有關，不覺得很猛嗎？」

昇沒有回答我的問題，只說「我會查查看」。

☘

隔週，昇捎來更進一步的消息。

這天，我和小金在整理住處新設的資料室。我把占據辦公室空間的資料，包括書本、雜誌、恐怖電影、靈異紀錄片光碟等等都搬回家了，但連箱子都沒拆，一直丟著。因爲不能就這樣置之不理，我做好覺悟，把紙箱打開。才剛開始整理，昇就打電話來了。

我無奈地停下手。

「喂？」

「我到了，是另一條線。從穿刺人偶森林到這裡。」

昇劈頭就這麼說，我有些摸不著頭緒。

「這裡？」

「時任村。」

「你還在稻里？」

「小金在那裡對嗎？」昇似乎正努力克制興奮，以獨特的語氣和呼吸說著。「開擴音讓她聽吧。」

我向小金輕輕使了個眼色。她正要拆開別的紙箱，但從我說的話，她似乎也察覺對話的主題了。她靠到我旁邊來，我把電話轉成擴音。

「我把調查到的事簡短交代一下。」

「請說。」

「首先，那個討論串最後出現的『小強』，他說的應該是事實。」

小強消失一段時間後，當大多數的意見都傾向認爲是造假時，自稱失蹤者本人的人出現在留言版發文。他辯解說，自己在現場失蹤是假的，但那個地點眞的有奇妙的傳聞。不過，網友幾乎都不相信。

「你說的事實是指……？」

「那個地點眞的有怪談。但不是魚的怪談，而是人偶的怪談。」

「穿刺人偶的怪談？」

「對。更進一步說，是包括穿刺人偶在內的一連串怪談源流。」昇調查那則怪談的方法，和我們調查魚怪談的步驟一樣。就是從已知的怪談當中抽出共通點。

「有人死掉這部分相同。跟魚怪談不同的地方，是人偶和柱子，以及名字。」

「柱子指的是穿刺人偶中的棒子吧？那名字呢？」

「妳回想一下穿刺人偶的咒法。」

這麼一提，我記得看過一個說法，把人偶放在穿刺人偶森林，是爲了把自己討厭的部分去除掉。這時要用自己的名字叫喚人偶，最後一邊用棒子穿過人偶，一邊對人偶說「你已經死了」。

「我在我們最後去的那個地點，也查到了類似的怪談，說是河川深處立著一根叫『人形』的柱子，不能靠近那裡。如果有人呼叫自己的名字，絕對不可以回頭。」

「那是二〇〇八年左右的怪談？」

「不是，這個怪談記載在一本叫《信州的奇談·妖怪傳說》的書，是一九七四年出版的。源頭或許更古老。」

「……什麼意思？」

眼前的小金表情僵硬地俯視著我的手機。我們一直認爲，一連串怪談是在某個時間點出現，從那裡順著狗龍川而下。但如果那其實是古時候就存在於那裡的怪談，這個前提就完全被顛覆了。

「接下來是我的推測，也許更接近妄想。」

「沒關係，你說。」

「有人偶登場、聽到有人呼叫自己的名字的怪談，應該原本就存在於脇川的上游。然後追尋類似的怪談，就會找到穿刺人偶森林。這是普通的、理所當然的路線。也就是傳聞的內容一點一滴地改變，逐漸傳播到其他地區。」

「發生過被穿刺死亡的命案。杜子變成棒子，是融入了這起案子的意像嗎？」

「我認爲一定是如此。不過，二〇〇八年，也就是那個留言版的事件發生之後，這次魚的怪談沿著狗龍川往下游傳播。」

「怪談產生變化了？」

某個怪談的部分元素產生變化，變成別的怪談，這是常有的現象。比方說，有個怪談〈紅紙青紙〉，據傳是發生在校園廁所的靈異故事，進入隔間上廁所時，會聽到有人問：「要紅紙還是青紙呢？」如果回答紅紙，就會流血身亡，回答青紙，就會窒息死亡。後來，怪談中紙的元素變成斗篷、日式背心，或顏色的組合改變，出現各種版本，流傳到全國各地。

所以，原本是人偶怪談，只取出「聽到聲音就會死掉」的元素，變成水邊的怪談，感覺也不無可能。我這麼說，昇表示同意，又補充道：

「我想表達的是，這個地方果然並非什麼都沒有。」

「或許吧。可是，不管怎樣，我們都沒有被叫喚名字啊。」

「恐怕需要某些條件。我要再調查一下那個地點。」

「喂！」我忍不住提高嗓門，「不要做危險的事！」

「沒事的。丹野小姐不再相信有人會死掉的怪談了吧？」

「話是沒錯啦……」

我說著，偷瞄了一下小金。小金的表情是前所未見的嚴肅，我不禁心生猶豫。如果擔心昇，會不會等同於承認詛咒是真實存在的？但又不能任由他失控暴衝。

「總之，這件事暫時保留，你也回來東京吧。看你這樣，幾乎沒去上研究所的課吧？」

「無所謂，頂多延畢一年。」

「可是……」

「如果有什麼發現，我再通知妳。」

昇只留下這句話，單方面掛了電話。我心中的不安愈來愈強烈。他到底想要做什麼？那條河什麼都沒有，我們應該已做出這樣的結論。有什麼理由，讓昇對那個地點如此執著嗎？

可是，不能害小金也陷入不安。事到如今，我又漸漸相信這則怪談是「眞貨」了。我不想被小金發現這件事。

「唉，昇那傢伙就是這種性子，什麼事都想安上煞有介事的說法。」

「可是聽他剛才說的，那裡果然有怪談，不是編造出來的。」

「不是的。聽到有人叫喚自己的名字，絕對不可以回頭——這樣的古老傳說各地都有。小強也承認他的經歷本身是虛構的。」

好了，繼續幹活吧！我刻意開朗地說著，取出箱子裡的東西。這一箱塞滿實話怪談的書籍。不少是別人送的，應該好好整理一下，但「某某怪談」、「某某百物語」等類似的書名不計其數，而且封面大同小異，往往一片漆黑，不拿起來翻一翻，實在想不起來是什麼作品。

然而，小金丟下自己負責的那一箱，就要離開房間。

「怎麼了？」

「休息一下。」

不是才剛開始嗎？但感覺挽留她會造成反效果，我便任由她去。被留下的我，默默地爲書籍分類。

忽然間，我注意到一本書。是吉澤的作品。這種東西拿去丟了吧——我這麼想，拿起書來，不經意地翻到書背，看見「釜津」兩個字，似乎是收錄了在釜津市周邊採訪到的怪談。

丟掉之前看一下好了。我翻開書本，跳著看了幾篇後，發現那則怪談。瀏覽開頭的部分，我吃了一驚。因爲標題爲〈住在M大樓的東西〉的這一篇，寫的就是萬十堂大樓的怪談。既然早已知道，就不用看了吧？雖然這麼想，我還是讀到了最後。

故事形式是以「這是從K那裡聽到的事」開頭。大樓的一樓以前是和菓子店、老闆過世後關掉了、三樓到五樓的租客相繼自殺，這些都和我在八板町聽到的一樣。搞不好這個K就是北里女士。

然而，最重要的後續發展，卻截然不同。首先，沒有出現狗龍川，反而說租客在房間裡看到奇怪的景象。租客看到的是陌生的老人，入夜以後，老人會倏地冒出來站在房間角落，俯視著入睡的租客等等。奇妙的是，看到老人的租客，身體狀況就會出問題。會不會是死去的和菓子店老闆現身？怪談以這句話結束。

我再也按捺不住，當場打電話給以前詢問過聯絡方式的北里女士。她一開始顯得很驚訝，我說我是以前見過面的怪談師，想要把當時聽說的內容寫進書裡，所以打電話向她確認，她很開心。我要出書是事實，並非信口開河。北里女士表示她講述的內容被寫進書裡，這是第二次了。

「第一次是怎樣的書？」

「有一位姓吉澤的作家來採訪，記得他是這裡的人。但他還打聽了一些跟怪談無關的私人問題，老實說我覺得有點討厭。」

那個渣男。

「那麼，您告訴他的內容，和告訴我的一樣嗎？」

「沒錯，是一樣的……啊，糟糕，這樣會變成盜用之類的嗎？」

「可能會呢。其實我就是想確認這件事。」

我告知還是不寫進書裡比較保險，她的語氣聽起來很遺憾。從她的反應看來，我確信北里女士沒發現自己講述的怪談在途中出現變化了。也就是狗龍川和站在河裡的東西的部分。

「對了，您記得是什麼時候告訴那位姓吉澤的作家的嗎？」

「當時我肚子裡懷著女兒，所以是八年前吧。」

既然是與孩子出生的年分一起記，應該不會弄錯。我看看吉澤的書的版權頁，是二〇一八年出版，但後記提到「趁此機會將過去採集的怪談整理成書」。

我向北里女士道謝，掛了電話，接著再次取出收進資料室書架上的魚怪談筆記。北里女士接受吉澤採訪的二〇一二年，魚怪談還停留在長野縣內。是流過稻里市內的狗龍川中發現女孩遺體的那一年。

我面對筆記本，思索了片刻。

二〇〇八年，編造的怪談出現在留言版上，不脛而走，在狗龍川沿岸擴散開來，形成了各種怪談。這本身是極有可能的事。也可能是如同指出林肯與甘迺迪相似之處的都市傳說那樣，我們恣意挑出碰巧吻合的共通點，結果顯得一連串怪談彷彿正不斷擴散。這也是很實際的解釋。

但北里女士所說的內容，又該如何解釋？如果怪談發生變化是事實，那麼順著狗龍川而下的怪談，就不只是單純地擴散，甚至讓原本存在的怪談產生變化。然後又把出現在河裡、會說話的某種存在，插進原有的怪談裡。

根據昇的說法，那是當地自古就存在的東西。

一股寒意竄過背脊，我猛地站了起來，腦袋一團混亂。約莫是因爲資訊太少，導致心中的想像不斷往壞的方向膨脹吧。最好喝杯熱呼呼的紅茶，跟小金討論一下。

我出去走廊，前往客廳，卻沒看到小金。

「小金？」

我大聲叫喚，卻沒有回應。我依序打開臥室、盥洗室、廁所，都沒看到她的人影。

強烈的不安席捲而來，我連忙撥打小金的手機號碼。連續打了兩通都被拒接，最後只收到小金傳來的短訊：

我一定會回去，別擔心。

然而入夜以後，甚至到了隔天早上，小金都沒有回來。

☘

穿過數條隧道，進入長野縣後，雨勢仍然沒有停歇。根據車上廣播的天氣預報，由於鋒面覆蓋了整個本州，大雨恐怕會持續到深夜。

「我是說過如果妳要去長野，一定要找我，」松浦先生握著方向盤打趣地說：「但我可沒說當天再通知我。」

「抱歉，我一定會補償你，拜託了。」

從今天早上開始，我不曉得說過這句話多少次了。這是我第一次拚命拜託松浦先生幫忙，他應該是察覺事態非同小可，爽快地接下從東京到稻里市單程四小時的開車任務。

「工作那邊沒問題嗎？」

「都推給事務所的年輕人了，唔，總有辦法處理吧……那個女生真的跑來這裡了？」

「我不確定，可是實在想不到其他地方。」

後來我不停打電話給小金和昇，但兩人都不接電話。小金也就罷了，昇不接電話未免太反常。我忍不住胡思亂想，難不成昇知道什麼內情？

「妳不是說那其實是一場『釣魚』嗎？」

「但又出現或許不是的可能性……不管怎樣，我們去了那個地點，卻沒發生什麼怪事……小金恐怕無法接受。」

雨點打在車身上，朝擋風玻璃的外側擴散，被甩向後方。

人類遇到讓自己害怕的事物時，就會創造出怪談。那對象有時是蟲子，有時是魚，也可能是犯罪者、陌生的宗教，或是外國人。對大多數的人來說，世上最可怕的莫過於死亡。因此，怪談的開頭和結尾，經常有人死掉。

但對小金來說，最可怕的不是自己死去，她更害怕只有自己一個人活下來。我也是如此，因此感同身受。懷抱罪惡感的人，總是害怕著不知何時會被揭穿。

「松浦先生，你有過罪惡感嗎？」

「突然問這什麼問題？我做了什麼嗎？」

「也不是這樣，只是想問一下你有沒有經驗。」

「只要是人，多少都做過一、兩件會感到內疚的事吧。只是平常不會特別拿出來說而已。」

「那麼，就算有罪惡感，也會置之不理嗎？」

我又問，松浦先生像在享受解謎似地笑了，接著回答：

「要看程度吧。畢竟覆水難收，只能帶著這分內疚活下去了。」

車子在長野縣內南下，逐漸靠近稻里市。這段期間，我再三檢查手機螢幕，希望小金或昇會主動聯絡，但音訊全無。時間已是下午兩點多，就算抵達目的地，也很快就要天黑了吧。

雨下得這麼大，小金或許沒辦法去到現場，而在稻里市內的某處躲雨休息。若是那樣，暫時就可以放心了。

不知不覺間，我以那個地點有危險之物爲前提在行動。其實我應該放輕鬆，相信不會發生什麼危險的事，等待她回來就好了。然而，我卻身不由己地追著她趕來。因爲如果我們立場對調，小金絕對會來找我。

「今天坐了三小時的車耶。」

「是啊，不快點的話……」

「我不是在說那個，妳不怕坐車了嗎？」

「咦？」

這麼一提，我才發現自己沒有緊張或不舒服的情況，也沒感到呼吸困難。我現在才察覺，自己坐在過去總是避之唯恐不及的副駕駛座。

「這麼一說……」

「啊，我不該提的？」

「不會，沒關係。」我笑道。「一定是原本就不要緊。」

接下來又花了兩小時，才抵達稻里交流道。進入市區的時候，天色已暗下來，不曉得要上哪找人。說到小金可能會去的地方，我只想得到那個地點。但現在過去，到達目的地恐怕已完全天黑。松浦先生不會容許我在大雨中，在那種地方四處找人。

這時，我的手機響起，螢幕顯示昇的名字。我立刻按下通話鍵。

「喂，你怎麼都不接電話！」

「抱歉，我把手機丟在車子裡了。」

我把截至目前發生的事大略說給昇聽。從昨天開始小金就不見人影，也聯絡不上。依目前的狀況來看，她可能是跑來這裡，所以我和松浦先生追了過來。

沒想到，昇吐出意外的回答：

「要找小金的話，她昨天晚上過來這邊了。」

「咦！」

「我以爲她跟妳說過了。」

我丟下一句「總之先會合吧，你過來」，結束通話。小金果然來這裡了。儘管有無法釋懷的地方，但我暫時放下心。

指定會合的地點，是那天大家一起看留言版紀錄的家庭餐廳。昇準時到來，卻沒看見小金的人影。

「小金呢？」我搶在昇坐下來之前問：「你們不是一起行動嗎？」

「不是。昨晚我去車站接她，但她住在別的地方。」

那麼，昇也不曉得小金現下在哪裡。

「不會剛好錯過，她先回去東京了吧？」

松浦先生刻意開朗地說，但我不這麼認爲。不管遇到什麼事，在達成目的以前，小金應該都不會回去。

「我還是再去那裡看一下好了。」我說。

「現在嗎？」

昇皺起眉頭。松浦先生露出「妳是認真的嗎？」的表情看著我。

「拜託，在車子裡看一下就好了。如果小金不像在那裡，再去別的地方找。」

「……她不會去別的地方嗎？」

松浦先生不是問我，而是問昇。昇似乎煩惱了一陣，但很快地下定決心，點點頭說：

「這麼辦好了，我開車載丹野小姐去現場看看。」

「喂——」

松浦先生剛要抗議，但昇搶先叮囑我：

「眞的只能待在車子裡喔。」

我答應昇，並在松浦先生面前發誓絕對不做危險的事。

「我知道小金昨天晚上住的旅館，可以請松浦先生去確認一下嗎？」昇在便條紙寫下旅館的名稱遞給他。「搞不好她回到旅館了。」

接著，我們離開餐廳。我坐上昇的車子的副駕駛座，松浦先生回到自己的車子上。離開停車場後，兩輛車子各自朝反方向開去。

昇的車子離開市區，進入農地圍繞的小徑，逐漸靠近山區。這條路以前應該也走過，但白天與夜晚印象截然不同。住家稀疏，連路燈都沒有。車頭燈外側是徹底的黑暗。

我看著車窗外，昇說：

「很快就要過脇川了，請留意路上，搞不好會看到小金。」

如同昇說的，車子開過一條橋。但底下的脇川不是之前看到的潺潺小溪，水位暴漲，混濁的水滾滾流過。

早知如此，或許應該準備更多裝備再來。考慮到要四處走動，我穿了易於行動的服裝，但下身只是普通的牛仔褲，上身是連帽薄外套，不是適合在夜裡上山的打扮。

小金是不是至少帶了手電筒？雨具呢？防寒衣呢？想到這裡，我發現一件事。雨勢這麼大，小金不可能徒步上山。即使去程是搭計程車，回程她打算怎麼辦？

車子筆直開往那座山。黑暗中，山散發威嚴的存在感俯視著這裡。

「快到了，那一帶就是時任村。」

「欸，」我開口：「是不是你把小金帶去的？」

昇的表情不變。

「怎麼可能？為什麼這麼問？」

「昨天你打電話給我的時候，刻意要我開擴音，說想讓小金一起聽。你是不是知道什麼？」

昇沒有回答，而是踩了煞車。他轉動方向盤，把車子停到路邊。

「聽著，這是我的問題。」

「問題？」

昇逕自下車走掉了。我連忙跳下車子，眼前就是時任村。下大雨的黑夜中，能見度幾乎歸零，但我還記得之前來過的狀況，不遠處有棟像倉庫的小屋。

這時，有人用手電筒的光照向我的臉。是昇。仔細一看，他不知何時穿上了雨衣。

「過來這裡。」

「等一下，雨傘——」

「別管了。」

他抓住我的手腕，拉我過去。我注意到他的樣子不對勁，試著掙脫他的手，但他的力量比想像中還要大。手腕被緊緊箝住，我不禁痛得呻吟。

「安分一點，否則我會殺了妳。」

昇眞的這樣說。他的聲音沉穩，和平常沒有絲毫不同。

☘

我被帶進時任村裡，一棟鐵皮屋頂的小屋。不出所料，那似乎是倉庫，雜亂堆放著舊農具和塑膠布等等。昇要我在小屋角落坐下，接著取出束帶，把我的雙手反綁起來。

「結束之前，妳待在這裡。」

「什麼結束？」

「確認那個女生會不會死。」

他說的那個女生，從脈絡來看，只會是一個人。

「你為什麼要把小金——」

「妳應該知道，她以前到底做過什麼事了吧？」

「你是在說小金的過去嗎？」

聽到昇的話，我想到的是小金把自己發明的咒法告訴朋友的事。不知是咒法生效，或只是巧合，許多人死於非命。我把它歸類為錢仙的怪談，當成固定表演的段子。告訴我這個怪談的，是——

「錢仙的怪談，是你告訴我的吧？你說是妹妹告訴你的。」

「沒錯，是季里子告訴我的。」

季里子，小金以前的朋友。原來她是昇的妹妹？

「不過，她一直住在醫院。她的記憶和意識分崩離析，經常喊著那個女生的名字，說『都是百香害的，我絕對不會原諒百香』。」

百香，小金的本名。

「季里子告訴我，把她害成這樣的，就是她的同班同學柚原百香，所以我一直在找她。我耳聞她似乎去了東京，在夜總會上班。於是怪談會慶功宴續攤的時候，我帶著吉澤他們去那家店。」

我想起巴不得從記憶中刪除的那天夜晚。那天，吉澤確實在酒吧裡提到這件事。

「那麼，小金記得你……」

「不，她好像記得吉澤，但不記得吉澤第一次去的時候的同伴。後來，因緣際會下，妳跟她混在一起，我很驚訝。可是也因爲這樣，我得到了求之不得的機會。」

「機會？」

「沒錯。我從妳那裡得知，她是試驗詛咒和作祟的白老鼠。所以我只要找到那類怪談，然後告訴妳就行了。這麼一來，她就會親身嘗試，如果是眞的，她就會死。」

我說不出話來。我一直以爲，小金和我是爲了各自的目的在追查怪談，但我們錯了。其實還有一個人——昇的意志介入。

「因爲我想要復仇，就跟妳一樣。都怪她亂教我妹妹詛咒，毀了我們一家。」

「不對，那不是什麼詛咒。」我克制大叫的衝動，冷靜地解釋。「那個咒法是小金自己隨便發明的，不是什麼錢仙的儀式，所以……」

「這我知道。爲了季里子我拚命調查，很清楚根本沒有那種儀式，是人爲編造出來的。」

「既然如此，爲什麼……」

「我說，丹野小姐。」

昇雙膝著地，凝視我的眼睛。那沉穩的舉動，和我認識的他沒有任何不同。

「丹野小姐，妳覺得這條河的上游有什麼？」

「什麼都沒有。我們不是一起去看過了嗎？那裡什麼都沒有，就只是一條河。」

「不，妳回去東京以後，我仍在調查這個怪談。狗龍川的怪談只是一小部分已，還有更多條線連到這裡。」

他從口袋裡掏出手機。螢幕亮起，他的身影浮現在黑暗中。光線微弱，看不真切，但他似乎在笑。很快地，他把螢幕轉向我。

那是個人經營的新聞網站，用紅字強調「神祕的詛咒之地」幾個字，底下附上一張小瀑布的照片。這景色我有印象。

「這……」

「我覺得一個人實在調查不了，於是到處徵求情報。我不打算擴展到太大的範圍，但不知爲何，消息源源不絕地進來，就像之前那樣。」

接著，昇念起據說是在網路上逐漸形成的一則則怪談。

某一則怪談中，這個地點是從繩文時代就有的祭祀場。出現在深山的柱子，是邪神崇拜的遺跡，日本各地流傳的神話證明了這件事。

另一則怪談說，過去有操縱黑魔術的一族在這裡興建大宅。某天大宅燒毀，一族四散各地，但他們的後裔到現在依然被人們視爲禁忌之子，受到畏懼。

還有別的怪談說，這個地點曾設有舊日本軍的研究所。從占領地區被帶來的俘虜，成爲危險藥物的白老鼠，死於非命，於是這些死者的怨念盤踞在此地。

我厭煩地搖頭反駁：

「都是瞎掰的。」

「我不這麼認爲。我們形塑出來的狗龍川怪談，和這些怪談到底有什麼不同？沒有任何不同，就是這樣的怪談。」

昇說著，再次把手機螢幕轉向我，並捲動頁面，出現年表、照片、煞有介事的引用和親身經歷。

這就是我們先前想要塑造出來的東西。我們追查與狗龍川有關的怪談，不知不覺間，就快要憑空生出一個故事來了。一個積年累月逐漸擴散到下游的詛咒故事。

「這裡的某種事物希望我們這麼做。想要我們決定它是從何而來，又是什麼存在。」

昇把視線從我的身上移開，應該是在看小金所在的方向。那道柵門的另一頭，溯河而上、深入山林的那個地點。我稍微變換姿勢。

「那個女生——柚原百香，她對我妹妹做的，也是一樣的事。一個差錯，就憑空生出了詛咒。如果現實中眞有這樣的事……能夠確定眞僞的地點，只有這裡了。」

原來如此——我恍然大悟。昇之前說過：這類似一種實驗，希望有機會確認。

昇一直在尋找，毀了妹妹的詛咒究竟是什麼。如果小金死在這裡，表示怪談是從空無一物的地方被製造出來的。那就可以確信季里子也一樣，是被小金憑空捏造的詛咒所毀。

確認這一點，他才能在眞正的意義上去憎恨柚原百香。

昇的目光落向手機，滿足地捲動著從掌心冒出的怪談。

「如果這種事眞有可能發生……沒錯，只要去相信就行了。相信那座瀑布裡有某種白色柔軟的東西，會把靠近的人殺——」

就是現在！我手腕使勁，扯斷已斷了一半的束帶。

昇錯愕地抬頭。我隨手抓起重物，朝他的臉砸下去。那似乎是綁起來的一束帳篷釘，威力並不大，但我攻其不備，讓昇跌倒了。

手機從昇的掌中滑落，我立刻撿起，推開昇衝出小屋。不顧大雨和黑夜，跳進稍遠處的草叢裡。

我摩挲著先前被綁住的雙手，望向小屋。昇似乎沒注意到他讓我坐下的地點，後面就是裝農具的木箱。我摸到像除草鐮刀的東西，花不了多久就切斷束帶了。

遲了一些走出小屋的昇，藉手電筒的光四處梭巡。我伏低身體躲過他的搜尋。雖然感覺到地面的泥濘滲進牛仔褲裡了，但不是在意這個的時候。很快地，昇似乎想到什麼，跑向停車的地方。確定他離開後，我直起身。

幸運的是，手機還沒有自動上鎖，我查閱通話紀錄。從昨天開始，昇和小金通話過好幾次。我不曉得他們什麼時候交換號碼的，但昇應該是瞞著我把小金騙過來——用「詛咒真的存在」之類的說詞。

我從記憶深處挖出松浦先生的手機號碼，盡量讓凍僵的手別抖得那麼厲害，小心地按下號碼。

「松浦先生，是我，三咲。」

「三咲？」他的手機螢幕顯示的應該是陌生的號碼吧。「怎麼了？發生什麼事？」

「沒時間解釋了。我被昇攻擊，小金可能很危險。」

「什麼？」

我聽到車子的引擎聲，昇要把車開走了。

「是昇把小金帶走的，小金果然在那個地方。」

「妳是說妳們之前去的河的——」

「對，你馬上過來。不快一點，小金恐怕會被殺掉。」

松浦先生還在說話，但我不理會，逕自掛了電話。昇的車子不是開往稻里的方向，而是朝小金所在的山上開去。我連忙追上。全身被雨淋得像落湯雞，頭髮整個貼在臉上，但我還是不能停下腳步。

她是用來驗證怪談是否會害死人的金絲雀，所以叫「小金」。可是，我是真的想要利用小金找到怪談嗎？和小金一起探訪許多地點，兩人一起試驗許多詛咒，但我相信有任何一個詛咒會成眞嗎？

或許我只是想要一個方向。獨自倖存下來，感覺之後的人生都是多餘的。不管是復仇還是詛咒，其實根本無關緊要。我希望有事可做。然後，就算只有一個人也好，我需要願意陪我同行的人。

來到禁止通行處，我看到昇的車停在那道柵門前。上次來的時候，是穿過柵欄和斜坡之間的空隙。但要這麼做，必須穿過昇的車子前面，風險太高。

我用雙手拍了一下臉頰，跳進脇川。

雖然水位上漲，但也只到腰部。我踏穩雙腳，雙手扶著河堤，慢慢靠近柵門。我憶起車禍發生的那一晚。水的黑暗、冰冷，感覺和那一晚如出一轍。在伸手不見五指的黑暗中，把身體壓進混濁的河裡，比想像中恐怖太多。體溫迅速被奪走，腰部以下逐漸麻木。我拋開多餘的思考，全神貫注地移動腳步。沒事的，我不再是孤單一人了。

柵欄通過河流上方，但沒有深入河中。我彎下身體，盡量避免製造出聲響，經過昇的車子，鑽進柵門內側。

確定足夠遠離柵門後，我爬上河岸。吸飽了水的衣服沉重地壓在身上，不知不覺間，全身哆嗦不止。臼齒像樂器般不停地上下敲擊。我硬是撐起虛軟的身體往前走。

瞬間，我感到不太對勁。空氣和之前不一樣。

因爲現在是晚上嗎？之前那種後山的悠閒氛圍，現在卻煙消霧散。這裡感覺一點都不像山。我彷彿身在隧道或是工廠，樹木之間充滿渾濁窒悶的氣息。此外，有一股甜膩的香味，不是雨水或泥土的氣味。

是因爲身體受涼了嗎？感覺體內發熱，我完全站不住，爬行似地攀上斜坡。小金一定就在前面，否則昇不會特地把車子開過來。他之所以沒有進來，應該是太胖了，沒辦法獨自翻越柵門。

夾雜在雨聲中，我隱約聽見瀑布的水聲。就快到溪流最深處了。我抬頭窺看道路另一邊，有東西站在那裡。我以爲是小金，靠過去仔細一看，卻完全不同。

瀑布底下，流水累積形成的小水潭正中央，突出一根白色的柱子。連在黑暗中也能看得出有多潔白。直覺告訴我，那東西十分異常。

柱子前端疑似刻著溝紋，或許是臉。不，因爲在前端，才會覺得是臉，但或許是沒有意義的紋路。柱子左右有扭曲的突起物，看起來就像手腳被切斷的人痛苦扭動的形姿，不過這也是把柱子當成人，才會有的錯覺，搞不好只是木材本身的彎曲。

這就是傳說中的「人形柱」嗎？我暗暗想著。看這形狀，確實只能如此稱呼，但要說它是一般的柱子，實在過於異質，稱它爲木像，又過於模糊，只能說是某種形似人的東西。

我朝著瀑布慢慢走近。繞過水潭的時候，目光也沒有從中央的柱子移開。我有強烈的預感，若是不盯牢它，就會出事。

忽然間，我在腳邊發現別的東西。是人的身體。熟悉的夾克、沾滿雨水和泥巴的長髮。

「小金？」我提心吊膽地出聲。「小金！」

我抱起她頹軟的身體。搖晃她的肩膀，她輕輕吐了一口氣，撐開眼皮看著我，似乎有意識。

可是，約莫是一直任由雨水澆淋的緣故，小金的身體跟我的皮膚一樣冰冷。我緊緊抱起她纖弱的身體。

「三咲，對不起。」小金的嘴唇微微動了。「我並不想要這樣的。」

「沒關係，別說話了。」

「我想要再看一次這裡。只要確定什麼都沒有，就心滿意足了，可是……」

我回應著她的話，拚命動腦思索。就算直接折回山路，柵門前面也有昇堵在那裡。帶著虛弱的小金，不可能再次鑽過河裡。最好找個能避雨的地方，等松浦先生來救我們嗎？

「可是，那根柱子……一看到那根柱子，腳就忽然不能動了……」

小金顫抖著指向矗立在池中的白色柱子。

「嗯，最好不要一直看。」

「上次來的時候沒有……沒有對吧？那個……那個是什麼？」

小金漸漸口齒不清。我扶著小金的肩膀，勉強讓她站起來。只要去到樹木密集的地方，至少不會直接淋到雨。我才剛跨出一步，小金突然說：

「有聲音。」

我忍不住東張西望，沒有人。側耳聆聽，也只聽得到雨聲和河水聲。然而，小金卻發出尖叫，不停地說：

「有聲音，在叫我……啊啊!啊啊!……在叫我的名字……」

小金說完，一把推開我，我一屁股跌坐在地。抬頭一看，小金搖搖晃晃地朝池塘走去，被吸往中央的那根柱子。

「等一下!」我想要大喊，卻只發出細微沙啞的呢喃。

夜晚的黑暗中，柱子上方有個巨大的物體在蠕動，看不出形姿。不是光線太暗或視力的關係。如同字面所示，那個物體是不可視的。然而，雨珠確實在它身上反彈。

它存在於那裡，緩慢地扭動著龐然巨軀，彷彿在天空游動。透過風壓、氣息、雨聲的變化，斷斷續續地感受得到它那無形的動向。是魚，我心想。有條巨大的、看不見的魚。

小金踩著虛浮的腳步，慢慢地靠近它。

「我聽見了……百香、百香……在叫我的名字……大家都在叫我……」

我想要爬起來，身體卻使不上力。手腳的肌肉就像大笑的時候那樣，整個癱軟了。

「對不起……對不起，季里子……我要過去了，我也要過去了……好嗎？原諒

我……」

我朝著地面竭力大叫。我以爲從丹田發出了巨吼，實際上只有呼氣。我一試再

試，用拳頭敲打喉嚨、敲打心臟。一句話就好，只要能說出那句話，要我死在這裡也

甘願。

「是我害的……我一直在尋找……去見妳的方法……我總算……」

「哈……啊……啊……！不對！不對！不對！」

雖然粗啞得一點都不像自己，但我確實發出聲音了。再一點，再多一點。

「不對，妳要在這裡！」我必須阻止她。「喂，小金！」

最後一聲以相當大的音量傳遍了四周。

小金回頭看我。那一瞬間，空氣產生變化。她頭上的不可視物體，做出另一種巨

大的動作。是它造成的震動，還是風？總之，肌膚感受到那類氣息。驀地，我的手腳恢復力氣。我連滾帶爬地跑向小金，抓住她的手。

看不見的魚動了。我一把摟住小金的肩膀，把她壓倒在地，感覺有東西掠過頭上離去。

魚離開了。遠遠地傳來人類的叫聲。

我試著確認壓在身下的小金的觸感。原本冰冷的皮膚逐漸恢復溫度，心臟的跳動、呼吸聲，都清晰可聞，她就在這裡。

她還活著。

「三咲。」

「什麼？」

「好冷……」

我們兩個幾乎全身都泡在水和泥濘裡，指尖完全失去知覺。身體劇烈顫抖的程度令人害怕，快撐不下去了。

我和小金互相攙扶著徒步下山。這段期間，雨勢稍稍減緩。很快地，我們看到柵門。門外亮著昇的車頭燈。

乾脆就讓昇抓到好了。讓他看到我們，然後告訴他這裡沒有受到詛咒，證據就是我們兩個都平安無事，他應該不會再爲難我們吧。我這麼想，搜尋昇的身影，柵門附近卻沒有人影，可能是進車子裡了。

這時，山腳的方向傳來警笛聲，並且漸漸靠近。是松浦先生，我心想。我把小金扶到樹下休息，走近柵門，想要向援軍打信號。

沒看到昇，車子也沒有動。昇應該已發現警察逼近這裡了才對，還是他不打算逃走？我不經意地望向路面。被昇的車頭燈照亮的潮濕路面，像是被切出圓形般反射著光。光圈當中有個物體。

看起來似乎是昇的身體。他的腳在碎石地上伸得長長的，不太對勁。我凝目細看，有鞋子，也有褲子，可是，腰部以上不見了。

我摀住嘴巴，卻無法遏止尖叫。

倒在那裡的，是只剩下半身的昇的屍體。

欸，你知道嗎？

聽說某個地方，有一種釣到就會害人死掉的魚耶。

我知道啊，聽說是在靜岡。

不是啦，是長野縣。那裡不是有條叫狗龍川的河嗎？

不是釣到就會死，是看到就會死。

是聽到聲音就會死。是摸到就會死。

不過，聽說那不是魚耶。

是一種能量體，或是妄念的集合體。又或者是被拋棄的古代神祇的屍體。

聽說下吉的露營區，有小孩子被它吃掉了。

聽說它出現在稻里的醫院，有病患上吊了。

南阿爾卑斯山的朝渡岳有八個人遇難，也是它害的。

到底發生了什麼事？

它就在河的上游。對，可怕的東西溶入了水中。

注入狗龍川的脇川的水源，橫臥著看不見的災禍。

它一點一滴地擴散、變形，但從遠古以前就存在於那裡。

說起來，那個地點——

後來發生太多事，我記不太清楚了。清醒過來時，我身在醫院，裹著毯子打點滴。事後聽說我差點就陷入失溫狀態。松浦先生就站在我旁邊。「小金呢？」我一問，他用下巴示意鄰床。於是，我放心地睡著。

松浦先生似乎對警方供稱，我和小金在昇的脅迫下，被載到那座山上。昇的車子裡找到電擊槍和繩索等物品，但都沒有使用過的痕跡。警方要求我作證，我說出被禁監在小屋，並自力逃脫，找到小金的事，接下來的遭遇則隻字不提。小金應該也是一樣。

我旁敲側擊地向警方打聽，得知瀑布旁邊沒有找到什麼柱子。根據報導，昇的身體是被「不太銳利的重物」切斷。雖然警方到處搜索他的上半身，但截至目前爲止仍未發現。

昇的守靈儀式和葬禮，好像只有親人參加，我甚至沒有接到通知，根本無法參加。這樣或許比較好。反正昇也不在那裡了，無從詢問他的眞意。他到底有多恨小金？他眞的希望小金死掉嗎？他曾眞心把我當成女友嗎？這些問題，同樣再也無法得到解答。

他妹妹季里子的事也不清不楚。根據我和小金的記憶，季里子是姓河合，而不是西賀。以前交往的時候聽他提過有妹妹，但從來沒有實際見過。我打電話到昇的老家好幾次，總是一報上名字就被掛掉，因此眞相不明。我也寫了信，目前還沒有任何回音。

我沒有把昇的妹妹的事告訴小金。我不可能讓她知道，或許又有人因她而死。再說，如果知道季里子還活著，或可能還活著，小金絕對會設法去見她吧。

現在還不是適當的時機。不過，我相信總有一天，該去見她的時機會到來。

我和昇之所以分手，起因是在四國旅行回程中的一場爭吵。我終於想起爭吵的原因。雖然不確定是怎樣的來龍去脈，但我應該是語帶自嘲，對他說：

「你不覺得一直被死去的家人綁住很可笑嗎？」

我和小金在當地醫院住院了三天左右。這段期間，警方只簡單地問了一些問題，就放我們回東京了，似乎是松浦先生四處幫忙協調的關係。我又欠他一次恩情了。

回來以後，我一直在想那天晚上的事。思考我們在找什麼，結果又找到了什麼。

若是現實一點思考，我看到的透明的魚，只是幻覺而已吧。事實上，小金說她什麼都沒有感覺到，相反地，小金聽到的聲音，我一次都沒有聽到。然後，昇在那個地點被捲入了某些案件或事故，失去一半的身體。這跟魚毫無關係。這麼推論才是理所當然的。

我上網搜尋，就像昇說的，那裡一下子成了炙手可熱的靈異景點。昇死在那裡，而且屍體狀態十分異常這件事，自然也已傳開。不過奇妙的是，那天晚上昇所說的，與那個地點相關的許多怪談，我一篇都找不到。利用關鍵字檢索，找到了一些，但不是連結失效，就是網站內容已更換。取而代之的是，我們找到的狗龍川怪談在各處掀起話題——儘管我們並未在任何地方公開發表過。

這些怪談如此被講述：稻里市的山中，脇川的上游，祭祀著魚形的神明，或接近這種存在的某物。祂會爲目擊的人帶來災禍，奪走人的性命。祂造成的靈障順流而下，甚至灌注到海裡。狗龍川流域不斷發生奇妙的事件，全都是祂所導致。

我想起昇的話：

「這裡的某種事物希望我們這麼做，想要我們決定它是從何而來，又是什麼存在。」

我不知道它到底是什麼，卻能天馬行空地想像。

過去，那個地點應該有一根柱子。那根柱子衍生出來的怪談，一點一滴地變化並擴散，吸收了人類被穿刺死亡的案件，逐漸成長爲一個巨大的怪談。然而，因爲某人在留言版上寫下的捏造經歷，導致那座山原有的怪談，被烙下全是造假的的烙印。

如果那個怪談有感情，肯定憤怒極了。畢竟辛辛苦苦哺育成長的自己，由於某個不知哪來的傢伙，變成了可疑的東西。既然如此，該怎麼辦才好？只能重新來過了。

從這個時候開始，怪談產生新的變化。宛如成長到一半卻傾倒的植物，重新朝上方伸展一樣。怪談尋求適合原本身體的新的形態、新的聯繫、新的脈絡。爲了褪掉被弄髒的殼，再次蛻變爲眞正的怪談，需要協助者。

「俗話不是說，愈是自己辛苦得到的資訊，人愈是深信不疑嗎？」

我想起不久前才跟松浦先生聊過的話題，以及和小金一起釣魚時的對話：

「撒餌啊。用餌來引誘魚群。因爲海太廣大了。」

我們找到的狗龍川怪談，全是撒出去的餌。像這樣推論的話，會怎麼樣呢？如果以那座山爲起點，新的怪談的種子，或者說像菌絲的東西，緩緩地持續擴散……

詛咒的聲音、人偶、河裡的異物，乍看之下，這些元素只是平凡無奇的事件中少數的共通點。像我們這樣的人，會找出它們，一口咬上去，接著就會找到下一個誘餌。下一個、再下一個……很快地，找到最後的地點，怪談大工告成。如果我們是在不自覺的情況下，被設計去扮演這樣的角色——

換句話說，我們徹底地「上鉤」了。

那天晚上，在那個地點，我和小金完成了怪談的最後一塊拼圖，可惜有點失敗。在那個怪談裡，原本被叫到名字的人會死，然而小金卻沒有死。難道是因爲我叫她

「小金」，而不是「百香」的關係嗎？結果規則沒有鞏固下來，那個存在離開了。它在最後吃掉昇的身體，順河而下。

「三咲，妳還沒睡嗎？」

不知不覺間，應該在旁邊睡著的小金醒來，盯著我看。

「嗯，我睡不著。」

「其實我也是。」

聽到小金這麼回應，我從床上坐起來，提議道：

「那妳過來吧，我們一起喝熱可可。」

小金順從地跟著我到客廳。我取出可可粉和牛奶，在廚房準備的時候，小金打開電視，呆呆地看著深夜節目。電視上傳來像是偶像女孩的歡欣笑聲。

小金突然說：

「所以，那是我害的嗎？」

我沒有回話，小金回頭看我，重複了一次：

「是我製造出錢仙的詛咒嗎？因爲我想出了那種遊戲，大家才會——」

「不是的。」我搶先打斷小金的話，熄掉爐火，回到客廳，在小金旁邊坐下來。

「不是什麼？」

「我不太會說……或許其實都不是。」

「都不是？」

「我覺得巧合和詛咒，其實並沒有什麼不同。搞不好這樣還比較可怕。不是神靈、鬼魂之類在決定人的命運，其實所有的一切都是巧合，沒有任何理由或意義……」

那天在黑暗的河底，我的父母死去，而我活了下來。有人安慰我，說我倖存下來是有意義的。我也想如此相信。如果我活著是有意義的，那該有多好？如果兩人死去、我獨自存活，一切都是有意義的，是依循某人的劇本注定發生的事——

冤魂現身，發洩怨氣，作祟咒殺罪有應得的人，皆大歡喜。若是能夠如此，事情就會簡單許多。可惜人生並非怪談，所以人會想像不存在此處的某人的情感，自己詛咒自己。

「所以，大家才會創造怪談吧。如果一切都沒有意義，實在太可怕了。為了讓自己相信，自己是某種巨大的關聯的一部分，不管是自己的不幸或霉運，必定都有原因，才會創造出怪談。」

小金沒說話，盯著電視。畫面中，身穿制服的少女們正在互開玩笑。小金看著那影像片刻，喃喃自語：

「對我而言，哪一種才是幸福呢？」

我無法回答這個問題。不管是扮演完美故事的女主角，還是在枯燥無味的宇宙裡被任意操弄，都因著不同的理由，不像小金的風格。於是，我直白地說：

「小金，我覺得妳沒辦法幸福。」

小金直視著我。

「就跟我一樣。可是，這樣比較好玩吧？」

而人生果然不是怪談，所以壞人不會遭到作祟，會繼續苟活在世上。

聽到我的話，小金猶豫了一下，點點頭。她在笑。這麼說來，或許這是我第一次看到小金笑得如此開懷。

深夜節目結束，開始播新聞和氣象預報。我起身繼續準備熱可可。用熱水調開可可粉，倒入熱牛奶。端來隨著蒸氣冒出芳香的馬克杯時，我聽見新聞最後一段：

「從上個月開始，釜津灣接連發現人體屍塊。」

經由我們合力完成的怪談之河，那條魚出海了吧。小金與我對望，但我們已不再談論怪談。

# 得獎感言

本次獲得第四十一屆橫溝正史推理&恐怖小說大獎，我感到萬分榮幸，心中充滿感謝。各位評審委員老師、相關人士、協助我推敲書稿的菊池、根本、白樺香澄老師，還有其他支持我的各位，在此獻上最深的謝意。

著手撰寫本作的二〇二〇年，是世界劇烈動盪的一年，為了預防疫情擴散，政府要求民眾節制外出，並發布緊急事態宣言，這些都是我們的社會從未經歷過的狀況。我本身的生活也出現巨變，工作轉換成遠距模式，住處遷移到郊區。眾人疾呼「維持社會生活」的口號，在這樣的狀況中，文化與藝術的存在意義也再次受到考驗。

我認為，文化就像是港口的燈塔，不僅在充滿危機的時代中照亮前方，也是暴風雨過後，眾人可以其為依歸，再次團聚的地方。我相信書本和小說、被稱為故事的事物，具有這樣的力量。我誠心祈禱，像過往那樣，可以自由地與人見面、討論小說的日子能夠快點回來。

最後，從我敬愛的藤子・F・不二雄的《哆啦A夢》引用一句台詞送給大家：

「外面太危險，待在家裡吧。」

新名智

怵 30／盧魚

原出版社／KADOKAWA
作　者／新名智
翻　譯／王華懋
責任編輯／陳盈竹
編輯總監／劉麗真
榮譽社長／詹宏志
發 行 人／涂玉雲
出 版 社／獨步文化
　　城邦文化事業股份有限公司
　　104台北市中山區民生東路二段141號5樓
　　電話：(02) 2500-7696　傳真：(02) 2500-1967
發　行／英屬蓋曼群島商家庭傳媒股份有限公司城邦分公司
　　104台北市中山區民生東路二段141號2樓
　　網址／www.cite.com.tw
　　讀者服務專線／(02) 2500-7718、2500-7719
　　服務時間／週一至週五：09：30～12：00　13：30～17：00
　　24小時傳真服務／(02) 2500-1900、2500-1991
　　讀者服務信箱E-mail／service@readingclub.com.tw
　　劃撥帳號／19863813
　　戶名／書虫股份有限公司
香港發行所／城邦（香港）出版集團有限公司
　　香港灣仔駱克道193號東超商業中心1樓
　　電話：(852) 2508-6231　傳真：(852) 2578-9337
　　E-mail／hkcite@biznetvigator.com
馬新發行所／城邦（馬新）出版集團
Cite (M) Sdn Bhd
41, Jalan Radin Anum, Bandar Baru Sri Petaling,
57000 Kuala Lumpur, Malaysia.
Tel:(603) 90578822
Fax:(603) 90576622
email:cite@cite.com.my

封面插畫／CLEA
封面設計／高偉哲
排　版／游淑萍
印　刷／中原造像股份有限公司
●2023年4月初版
售價340元

SORAZAKANA

國家圖書館出版品預行編目資料

盧魚／新名智著；王華懋譯．－初版．－台北
市：獨步文化，城邦文化出版：家庭傳
媒城邦分公司發行，民112.4
面；　公分．--（怵；30）
譯自：盧魚
ISBN 9786267226315（平裝）
　　　9786267226339（EPUB）

861.57　　　112001570